KB141930

가끔은 나빴고 거의가 좋았다

나는 어떤 사람으로 기억되고 싶은가

박선추

박성식

조수연

최선경

도서출판 담다

"어느 계절을 지나고 있는가"라는 질문 앞에서 주눅 들지 않기를

사람들은 곧잘 이렇게 말한다.
"내 이야기를 글로 쓰면 책 한 권이지"
다들 그렇겠지만 그럴듯한 사연 하나 가지지 않은 사람이 없다. '어떻게 이런 일이 생겼지'라며 주저앉아 울어본 경험, 누구나 가지고 있을 것이다. 노력과 전혀 다른 결과앞에서 좌절한 경험도·많을 것이다. 거기에 과거의 기억을 하나씩 복기하면서 남아있는 앞으로의 시간을 더듬어보는 사람은 더욱더 없을 것이다.

그런데 평범하다면 평범한, 보통의 사람들이 함께 모여 그 일을 해냈다. '오늘에 있기까지의 시간'에 대해 경험했던 것, 생각했던 것, 느꼈던 것들을 정리했다. 이 책에는 '이렇게 하면 잘 될 것이다' 혹은 '이렇게 하면 실패하지 않는다'라는 처방전은 없다. 오히려 잘 되지 못한 날의 기록이나 혼자 우울감에 빠져 불안해했던 시간이 날것의 상태로 제 살갗을 드러내고 있다. 하지만 그러한 과정을 통해 이들은 아주 중요한 사실을 발견해냈다.

"지금까지도 괜찮았고, 앞으로도 괜찮을 거야"
"나를 사랑하는 사람이 남도 사랑할 수 있어"
"타인은 물론 스스로에게 상처 주지 않는 것이 중요해"

100세 인생의 절반 또는 절반에 못 미치는 시간을 살아왔다. 예상하지 못한 일로 힘든 날도 있었고, 순전히 덤으로 얻은 일로 인해 힘나는 날도 있었다. 세상에 공짜가 없다는 사실도 크고 작은 경험을 통해 배웠다. 그렇게 인생학교에서 배운 가르침을 「가끔은 나빴고 거의가 좋았다」에 담았다.

각기 다르게 살아온 네 명의 사람들이 자신의 경험을 경험에서 끝내지 않고 의미를 찾으려고 노력한 흔적에 나도 모르게 마음이 갈 것이다. 새롭게 발견한 사실을 자신의 삶에 적용시키기 위한 다짐을 읽으면서 자신과 새로운 약속을 하게 될지도 모르겠다.

"원하는 것이 있을 때, 결과와 상관없이 시도하고 도전하는 것이 중요한 것 같아요"

친절함과 함께 타인을 침해하지 않는 범위에서 자유롭게 살아가겠다고 약속하는 그들의 목소리엔 희망이 숨어있다. '원하는 것이 있다'라는 것이 결과와 상관없이 행복이고, 기쁨이라는 사실을 알아낸 것이다.

원하는 것을 선택하는 것에 대한 두려움을 극복하고 싶다면, 내 인생에 대한 신뢰감을 회복하고 싶다면, 그들의 이야기를 들어보자. 삶이 던진 질문으로 고민에 빠지거나 불안해하기보다 '할 수 있는 방법'에 대해 생각하고 '원하는 것이 있다'라는 사실에 안도하게 될 것이다.

– 기록디자이너 윤슬작가

나는
이렇게 책을
쓰게 되었다

박성식

좀 더
자기다움

조수연

나를
익히는 시간

최선경

어떻게 살 것인가?

박선추

미로 속에서 길을 잃었을 때
가장 좋은 방법은 계속 걷는 것이다

오늘보다 나은 내일을 기대하며
뚜벅뚜벅 걸어 나가고 싶다.

프롤로그

프롤로그

글쓰기를 시작하게 된 계기는 꼼꼼하게 확인하지 않는 성격 덕분이었다. 사회복지사로 근무하면서 원하지 않았지만 끊임없이 글쓰기를 해야 했다. 상담 일지, 보고서, 공모 사업 신청서 등을 작성해야 했는데 시간이 갈수록 글쓰기에 대한 두려움은 커졌다. 보고서를 잘 쓰고 싶다는 마음에 2018년 12월 제대로 알아보지 않고 윤슬작가님이 진행하는 글쓰기 수업에 신청했다. 교육 첫날 글쓰기 비법을 알려주는 수업이 아닌 걸 알게 되었다. 에세이 분야는 읽지도 않는데 에세이를 써야 한다는 것과 내 생각을 글로 표현하고 출판해서 많은 사람에게 보여줘야 한다는 사실에 많이 당황스러웠다.

원했던 수업이 아닌 걸 알게 된 순간 포기하고 싶었지만 차마 말할 수 없었다. 5명이 참여하는 수업에서 내가 빠지게 된다면 다른 사람에게 피해를 줄까 봐 선뜻 결정하지 못했다. 수업이 끝나고 돌아가는 버스 안에서 글쓰기를 계속할 수 있을지 고민했다. 실수로 신청한 수업이었기에 포기하고 싶었다. 그때 마음속 한편에 이런 생각이 들었다.
왜 이 수업을 신청하게 되었을까? 지금 이 시기에 이런 실수를 했을까?
문득 신이 나에게 주신 기회가 아닐까라는 생각이 들었다.

당시 나는 상처받아 있었다. 새롭게 시작한 일을 잘해야 한다는 부담감에 잦은 야근과 주말 출근도 마다하지 않았다. 누가 시켜서 한 일은 아니지만 내가 하는 일을 사랑했고 소속된 사무실이 잘 되길 바랐다. 원했던 만큼 성과는 나오지 않았지만 순간순간 최선을 다했다. 하지만 나의 노력을 단 한마디로 폄하하는 사람이 있었다. 억장이 내려앉는다는 말이 어떤 뜻인지 그날 알게 되었다. 누군가 알아주길 원했던 건 아니었지만 적어도 노력을 부정당하고 싶지는 않았다. 2018년 11월 추운 날씨와 함께 내 마음에도 겨울이 찾아왔다. 타인의 평가 한마디 때문에 무너져버린 마음을 다 잡는 건 쉬운 일이 아니었다. 한 달 정도 속상한 마음을 추스르지 못하고 슬퍼하면서 보냈다.

주변 사람에게 위로도 받고 스스로를 다독거렸지만 상처받은 마음은 쉽게 회복되지 않았다. 생각해 보면 많은 문제를 혼자 해결해야 한다는 부담감으로 힘들게 살아왔던 것 같다. 나를 사랑해주고 타인에게 자그마한 공간을 내줄 수 있도록 온전히 쉴 수 있는 시간이 필요했다.

그래서 글쓰기를 포기하지 않았다.

무엇보다 나에게 괜찮다는 위로를 해주고 싶었다. 쉬어가도, 조금 모나도, 특별하지 않아도, 두려워해도 괜찮다고 말해주고 싶었다. 그렇게 나를 위로한다는 목적으로 글을 쓰다 보니 상처받은 마음이 조금씩 회복되었다. 글쓰기가 마무리될 때쯤 점점 다른 내용들로 수정되기 시작했고 자기 위로를 넘어 삶에 대한 고민과 어떻게 살 것인지에 대한 생각을 정리할 수 있었다.

큰 상처로 인해 지쳐 쓰러져 있을 때 자신을 다독이는 방법은 사람마다 다를 것이다. 나는 책을 읽고 글을 썼다. 새로운 것을 배우기 위해 시간을 할애하고 사랑하는 사람과 여행을 떠났다. 누군가의 말 한마디 때문에 상처받았지만 쓰러져 있지만은 않았다. 나에게 괜찮다는 말을 해주고 삶을 점검하는 시간을 가졌다. 이 모든 시간들 속에서 상처는 회복되었다. 나처럼 상처받아 위로가 필요한 사람이 있을 것이다. 어설픈 나의 글이 그들에게 위로가 될 수 있기를 희망한다.

삶과 일의 의미

"밥값은 다하고 퇴근하는 거야?"

"점심으로 2,500원짜리 자장면을 먹었는데 그 가격만큼 열심히 일한 것 같습니다. 내일 뵙겠습니다"

팀장님이 먼저 퇴근하겠다고 인사를 하자, 국장님은 본인보다 일찍 퇴근하는 것이 마음에 들지 않았는지 비꼬면서 이야기하셨다. 사무실 전기 낭비하지 말고 일찍 퇴근하라고 항상 이야기하던 팀장님은 국장님을 한 방 먹이고 퇴근하셨다. 신입 직원이었던 나를 데려가 주지 않아 아쉬웠지만, 마음속으로는 통쾌함을 느꼈다.

국장님은 옛날 사람이라서 늦게까지 일하는 직원이 일을 잘한다고 생각하셨다. 그 생각 때문에 직원들은 자신의 업무가 마무리되어도 눈치가 보여 퇴근하기 힘들었다. 서로 소통하는 합리적인 상사라는 소리를 듣고 싶으셨는지 자주 회의를 소집하셨다. 물론 국장님이 생각한 뜻대로 결론이 나야 끝나는 지루한 회의였다. 거기에 가족 같은 분위기를 좋아하셔서 '친목 도모'라는 명분으로 퇴근 이후 회식도 자주 했다.

하지만 팀장님은 다르셨다. 야근하려고 남아 있는 나에게 근무 시간 안에 일을 끝내는 방법을 배워야 한다고 말씀하셨다. 새로운 업무를 맡으면 방향을 함께 모색해 주셨고, 체계적으로 일하는 방법도 알려주었다. 모든 시간을 일만 하는데 보내기보다 자신을 발전시키기 위해 퇴근 후의 삶도 즐기라고 이야기하셨다. 일도 잘하고 자신의 삶도 즐기는 팀장님이 멋져

보였고 상사가 되면 팀장님 같은 사람이 되고 싶었다. 신입 직원이 일을 못하는 것은 당연한데도 그것을 지켜봐 주는 직장은 많지 않은 것 같다.

맡은 업무를 경력자만큼 하길 바라는 분위기 속에서 야근은 어쩔 수 없는 선택이었다. 행복하게 살기 위해 돈을 번다는 것을 잊어버리고, 돈을 벌기 위해 대부분의 시간을 사용했다. 그때는 소중한 걸 알지 못했다. 일을 한다는 이유만으로 가족과 저녁 식사 한번 하는 것도 어려웠다. 힘들다는 말을 반복하면서 가까운 사람을 지치게 했다. 열심히 일했지만, 야근이 일의 효율성을 높여주는 것도 아니었다. 만성피로로 일의 재미를 느끼지 못했고, 같은 말만 반복하는 앵무새처럼 일했다. 신규 업무가 생기면 담당자가 되지 않기를 바라면서 그냥 주어진 일을 꾸역꾸역 했던 것 같다. 그런 잘못된 굴레를 후배는 겪지 않길 바라는 마음에 이야기해주고 있다. "오늘만 일하는 거 아니니까, 얼른 정리하고 집에 가. 퇴근 후 삶이 행복한 사람이 오랫동안 일을 할 수 있어"

기계도 일정 기간을 사용하면 점검도 하고 수리도 해야 한다. 고장 없이 사용하기 위해서는 기계를 사용하는 시간만큼 점검하는 시간도 필요하다. 사람도 다르지 않다. 내일 다시 일을 하려면 자신을 다독이는 시간이 필요하다. 나를 쉬게 하는 시간, 사랑하는 가족과 얼굴을 마주 보며 식사하는 시간, 친구와 만나 이야기를 나누는 시간이 필요하다.

일과 삶의 균형을 만드는 노력이 행복하고 오랫동안 일을 할 수 있는 원동력이라고 생각한다. 잊지 말아야 할 것 같다. 행복하기 위해 돈을 번다는 사실을.

미움의 철학

내가 살고 있는 대구는 '대프리카'라는 별명을 얻을 만큼 더운 도시이다. 이글거리는 태양과 높은 습도는 더위를 타지 않는 나조차도 숨이 턱 막히게 한다. 5월 말부터 찾아오는 더위는 점점 세력을 확장하여, 7월 말이면 사람을 지쳐버리게 만든다. 햇빛의 이글거림은 숨을 턱턱 막히게 하고, 밤 시간조차도 편히 쉴 수 없게 만든다.

도대체 이런 날씨가 언제까지 지속될지 모르겠다고 투덜거리면 할머니는 내게 말씀하셨다.
"음력 8월 15일만 지나면, 날씨도 풀리니까! 덥다고 너무 투덜거리지 마라. 여름은 덥고, 겨울은 추워야지"
참고 기다리면 더위가 다 지나가버린다고 이야기하셨다. 그 말을 믿는 건 아니었지만, 이상하게도 음력 8월 15일 이후가 되면 더운 날씨는 기운을 잃기 시작했다. 물론 낮 시간에는 뜨거운 태양이 이글거리지만, 저녁에는 조금씩 선선한 바람이 불어 숨을 쉬게 해주었다.

미움도 날씨와 비슷하다는 생각이 들 때가 있다. 누군가를 미워하기 시삭하면 여름 날씨처럼 언제 끝날지 모르는 부정적인 감정이 타오르기 시작한다. 미움에는 강력한 힘이 있어, 한 번 싫어진 사람은 무슨 행동을 해도 마음에 들지 않는다. 끝이 보이지 않는 미움을 잘 관리하는 사람이 되고 싶었지만, 나는 조그만 일에도 화내고 상처받는 평범한 사람에 불과했다. 그래서 누군가를 미워하면서 보낸 시간이 많았다.

3년 차 선임 팀장님을 만난 이후 매일같이 화가 났다. 윗사람에게 잘 보여서 자신의 일을 하지 않고 다른 사람에게 업무를 미루는 팀장님이 싫었다. 팀장님의 업무 중 대다수가 나에게 넘어왔기에 미움은 더 커졌던 것 같다. 동료 직원과 팀장님의 행동 하나하나를 확대 해석했다. 같은 사무실에서 보기 싫은 사람과 함께 일을 한다는 것은 스트레스였다. 누군가를 미워하는 일에 많은 에너지를 쓰며 힘든 시간을 보냈다.

다른 기관으로 발령이 나자, 매일 보아야 했던 팀장님을 보지 않게 되었다. 매일 보지 않아도 된다는 사실만으로 행복했다. 하지만 가끔 업무 인수인계로 얼굴을 봐야 하거나 통화를 해야 할 때는 여전히 기분이 좋지 않았다. 법인 행사로 만나게 될 때는 인사하고 싶지 않아 피해 다녔다. 새로운 기관에 적응을 하고 시간이 흐르자 예전만큼 싫거나 밉지 않았다. 직접적인 피해를 받는 일이 사라지니 미워하는 마음도 조금씩 누그러진 것 같다. 웃으면서 인사할 만큼은 아니었지만, 최소한 고개를 돌릴 만큼 밉지 않았다. 그때 나는 알게 되었다. 시간이 지나면 미워했던 감정도 조금씩 옅어질 수 있다는 것을 말이다.

지금도 때때로 누군가가 싫어지고, 미워질 때가 있다. 주체할 수 없이 화가 치밀어 올라 내가 받은 상처를 되돌려주고 싶어지곤 한다. 하지만 나는 알고 있다. 이 감정 역시 여름 날씨처럼 시간이 흐르고 나면 누그러진다는 사실을 말이다. 앞으로 다시 미워하는 사람이 생기더라도 마음의 모든 부분을 빼앗기고 싶지 않다. 미워하는데 모든 감정을 사용하기보다는 감사한 사람에게 고마움을 전달하는 사람이 되고 싶다. 그런 공간을 내 안에 만들고 싶다.

행복이란 내 안에 무언가가 있는 상태다.
행복한 삶이란
가슴에 관심 있는 것 하나쯤 담고 사는 삶이다.
반대로 행복하지 않은 상태는
관심 있는 것이 아무것도 없는 상태다.

'나는 행복한가'라는 질문은
'나는 무언가에 관심이 있는가?'라는 질문과 같다.

「굿 라이프」 중에서

모두가 나를 사랑하지 않아도 괜찮아

독서모임에서 관계에 대한 이야기를 나눈 적이 있다. 그때 누군가가 다섯
명이 함께 일을 하는데, 막내 직원이 얌체라며 속상해했다. 맡은 업무조차
제대로 하지 않고, 자신에게 떠넘기는 상황이 화가 나지만 매일 보는 사이
라 말하기 불편하다고 했다. 속상해도 다른 사람에게 이야기를 전하는
성격이 아닌 탓에 상사에게 도움을 요청했지만, 아직 어린 직원이니
잘 가르쳐주라는 대답만 들었다고 한다.
"직장은 친목 도모가 아니다. 오냐오냐해주면 권리인 줄 알기에 정확하게
이야기를 해야 한다"
고민을 들은 누군가가 자기 일인 것처럼 충고해주었다. 모두가 한마음이
되어 조언과 위로를 해주었지만, 정작 고민을 털어놓은 주인공은 편해
보이지 않았다.

불편한 이야기를 하는 것이 익숙하지 않은 사람은 힘든 일이 생겨도 꾹
참는 것 같다. 특히 매일 봐야 하는 사람이라면 더욱 그럴 것 같다. 그래서
타인에게 싫은 소리를 못하는 사람일수록 불편한 감정을 전달하는데 큰
결단이 필요하다.

"참는 게 쉬우면 참으면 되고, 말하는 게 쉬우면 말하면 돼요. 단지 너무
참으면 사소한 일에도 크게 화를 낼 수도 있으니 적절하게 불편한 감정을
표현해주어야 해요"
싫은 소리를 못하는 사람에게 해주는 나의 조언이다.

우리는 타인에게 느낀 불편한 마음을 전달하는 것이 쉽지 않다. 상대방과의 관계를 망칠 수 있다는 불안감 때문에 더욱 그렇다. 내 마음 같은 사람, 편한 사람만 만난다면 관계는 힘들지 않을 것이다. 하지만 좋아하는 사람하고만 관계를 맺고 살기란 어려운 일이다. 그러므로 우리는 좋은 관계를 맺기 위한 방법을 배워야 한다.

첫 번째 '모두가 나를 사랑할 수 없다'라는 말을 기억할 필요가 있다. 예능 〈무한도전〉에는 1인자 유재석과 2인자 박명수가 나온다. 국민의 대부분은 유재석을 좋아하지만, 나는 박명수가 더 좋다. 유재석처럼 친절하고 예의 바르게 살아가는 사람보다는, 하고 싶은 대로 말하고 행동하는 박명수가 좋아 보였다. 모든 사람에게 사랑받기 위해서 노력해도, 누군가는 나를 미워할 수 있다. 내가 모든 사람을 사랑할 수 없는 것처럼 나 역시 모두에게서 사랑받을 수 없다는 것을 잊지 말아야 할 것 같다.

두 번째는 부탁에 대해 거절할 수 있는 용기를 키워야 한다. 부탁이라는 단어에는 승낙과 다르게 거절을 당할 수도 있다는 의미를 포함하고 있다. 그러니 부탁을 받았을 때 내가 할 수 있을 만큼만 들어주고 나머지는 정중하게 거절할 필요가 있다. 물론 가족·연인·상사 혹은 매일 보는 사람이어서 거절하는 것이 어려울 수도 있다. 그래서 상대방이 기분 나쁘지 않게 자신의 의사를 잘 전달하는 연습이 필요하다.

세 번째는 사람과 사람 사이에는 일정한 거리가 필요하다. 독일철학자 쇼펜하우어의 고슴도치 우화에 날씨가 추워지면 고슴도치는 서로의 온기를 나누기 위해 가까이 다가가지만, 서로의 가시에 찔리고 만다고 이야기가 있다. 아무리 친밀한 사람이라도 완벽하게 내 마음을 알 수는 없다.

너무 가까이 다가가면 오히려 서로의 가시에 찔릴 수도 있다. 타인과 나를 구분할 관계의 거리가 필요하다.

아무도 살지 않는 무인도로 떠나고 싶을 때도 있지만 혼자서는 살아갈 수 없다. 원하든 원하지 않든 사람과 관계를 맺으면서 살아가야 한다. 나도 기쁘고 상대방도 기쁠 수 있는 관계의 거리를 만들기 위해 노력해야 한다. 그러기 위해서는 끊임없이 나에게 말해주어야 한다.

"모두가 나를 사랑하지 않아도 괜찮아."
"부탁을 거절한다고 관계가 깨지는 것은 아니니, 걱정하지 않아도 괜찮아"

저는 이의 있습니다!

"모난 돌이 정 맞는다"
궁금한 건 물어보아야 직성이 풀리는 성격 때문에 사회생활이 녹록하지
않았다. 열심히 일했지만 이의를 제기했다는 이유만으로 좋은 평가를
받지 못하기도 했다. 너무 비판적이라는 소리를 들으며 상사에게 따로
상담을 받은 적도 있다.

피곤하게 살아가는 나에게 사람들은 말했다.
"바뀌는 것 아무것도 없어. 다 부질없는 일이니까 대충 살아!"
그럴 때마다 나는 이야기라도 해봐야 한다고 말했다. 익숙하고 편하다는
이유로 잘못되었다는 것을 알지 못하는 사람들에게 '잘못되었다'라고
말해주고 싶었다. 변화는 것이 없다고 포기해 버리면 아무것도 달라지지
않을 거라는 생각에 작은 목소리를 내었다.

합리적이고 객관적인 사고방식으로 팩트 폭력을 날리는 우리 엄마를
친구들은 신여성이라고 불렀다. 친구가 많았던 남동생은 아파트 단지
내에서 소문이 좋지 않은 친구와 어울렸다. 같은 또래 학부모들은 리더
격인 남동생이 그 친구와 친하게 지내는 모습이 불편했는지, 우리 엄마
에게 거리를 두어야 한다고 충고했다.
"난 내 아들을 바르게 잘 키웠다고 생각해요. 친구한테 끌려가는 게 아니라
좋은 영향을 주는 친구가 될 거니 걱정하지 않아도 됩니다"
정말 엄마의 얘기대로 남동생은 좋은 영향을 주는 친구가 되었다.

엄마의 사랑과 믿음을 받았기에 남동생은 그 흔한 사춘기 한 번 겪지 않고 학창시절을 보냈다.

"넌 그 옷밖에 없니? 옷 좀 빨아 입어라!"
점퍼 한 벌로 겨울을 보내는 친구에게 담임선생님께서 말씀하셨다. 그 말을 들은 친구는 고개를 숙였다. 나에게 하는 말은 아니었지만 고개를 숙인 친구의 마음이 느껴져 속상했다. 체육 시간이 끝나고 가난한 친구는 선생님에게 돈이 없어졌다고 했다. 선생님은 "니가 무슨 돈이 있냐"라고 얘기하면서 친구의 말을 무시했다. 그때는 선생님이 우리 반에는 도둑이 없다고 말씀하시는 줄 알았다. 며칠 뒤 부자인 반장이 돈이 없어졌다고 하자, 선생님은 반 아이들의 가방을 검사하셨다. 같은 상황이지만 선생님이 왜 다른 행동을 하는지 이해가 되지 않았다. 궁금증에 이유를 물어보자, 선생님은 질문과 다른 대답을 하셨다. 그리고 나에게 버릇이 없다고 화를 내셨다. 속상한 마음에 집으로 돌아가 엄마에게 하소연을 하였다.
"어른이라고 옳은 일만 하는 건 아니야. 어른도 실수할 수 있고 잘못된 선택도 할 수 있어"

"선생님 변태예요?"
고등학교 때 궁예라는 별명을 가진 수학선생님이 내 짝의 귓불과 뒷덜미를 만지는 모습에 놀라서 한 말이다. 선생님은 짝이 공부를 열심히 해서 칭찬해 주신 거라고 말씀하셨다. 비록 선생님에게 너무 직설적인 말을 한 것 같지만 그때는 선생님의 성희롱이 당황스러웠다. 그 말로 인해 전교생 중 궁예에게 유일하게 맞는 학생이 되었지만 더 이상 내 짝에게 불필요한 스킨십은 하지 않으셨다.

"선생님 공부를 못하는 건 윤리적으로 잘못된 것이 아닌데, 성적이 낮으면 맞아야 하나요?"

우리 반에는 천사가 있었다. 친구들이 싫어하는 일도 먼저 나서서 하고, 모든 사람에게 친절한 아이였다. 하지만 그 친구는 열심히 공부를 했지만 성적은 좋지 않았다. 과학 시험을 친 이후 성적이 나쁜 반 아이들은 틀린 숫자만큼 맞아야 했다. 그 순간 의문이 들었다. 1등이 있으면 꼴찌가 있는 것이 당연한데, 왜 맞아야 하는지 이해가 되지 않았다. 공부를 열심히 했는데도 성적이 좋지 않다는 이유로 처벌을 받는 이유가 궁금했다. 나의 질문에 선생님은 답변해 주지 않으셨다. 단지 '똘아이'라고 이야기하시고 화를 내면서 교실 밖으로 나가버리셨다. 그 후 체벌 횟수는 줄어들었지만 성적이 낮으면 여전히 맞아야 했다. 선생님은 우리에게 자극을 주고 공부에 대한 각오를 높이기 위해 체벌한다고 했지만 수긍하기 어려웠다.

사람들이 하지 않는 질문을 하거나 이의를 제기하여 불이익을 당한 적이 많다. 그렇지만 나는 후회하지 않는다. 적어도 나의 질문이 사람들에게 다른 생각을 할 수 있는 기회가 되었다고 믿기 때문이다. 인습, 관례로 인한 당연한 일들이 누군가에게는 불편한 일이 될 수 있다. 시대에 따라 변해야 하는 것들조차 당연하다고 넘어간다면 세상은 변화하지 않을 것이다. 우리 사회를 조금 더 좋은 방향으로 만들기 위해서는 우리의 생각을 말할 필요가 있다. 그래서 나는 말한다.

"저는 이의 있습니다"

BEST ONE NO! ONLY ONE OK!

대학 졸업 후 우연히 만난 동기들과 술 한 잔을 했다.

대학 시절 이야기로 꽃을 피우는데 동기 한 명이 나에게 말했다.

"학교 다닐 때는 레이스 달린 옷만 입었는데 평범해졌다"

물론 대학교 때는 레이스 달린 옷을 좋아했다. 하지만 패션 트렌드가 바뀌듯이 자연스럽게 나의 취향도 변화되었다. 고등학교 때는 힙합 패션에 빠져 통 넓은 바지만 구입했고, 직장인이 되고 나서는 출퇴근할 때 입기 편한 실용성 있는 옷만 좋아했다. 나이가 들면서 생각도 취향도 조금씩 변화된 나를 평범해졌다고 판단할 수 있을까? 단지 그날 입은 패션만으로 시간에 따라 변화된 나를 알 수 있었는지 궁금해졌다.

14살 때 처음으로 가수 '젝스키스'를 좋아하게 되었다. 용돈을 모아 잡지도 사고, 음반도 몇 장씩 구입했다. 같은 연예인을 좋아한다는 이유만으로 친해진 친구도 있었고, 좋아하는 연예인 이야기를 한다고 하루 종일 즐겁게 보냈었다. 어린 시절 행복한 추억을 남겨준 가수가 다시 컴백하여, 팬클럽도 가입하고 전국 콘서트도 따라다녔다. 16년 만에 다시 팬질을 시작하니, 모든 것이 새로웠다. 콘서트 표를 구입하는 것, 음원을 듣는 것, 새로운 것을 배우는 재미가 쏠쏠했다. 주변 사람들은 결혼할 나이에 정신 못 차린다고 한심해 했다. 하지만 콘서트 갈 생각에 즐거웠고, 오랜만에 다시 뭉친 팬들과 만나는 시간도 좋았다.

"나이에 맞는 여가활동이라는 것이 있을까?"

어른이 되어도 장난감을 수집할 수 있고, 만화책도 읽을 수 있다.

사람들이 어떤 여가활동을 하는지 알지는 못하지만, 최고의 휴식은 자신이 좋아하는 것을 하면서 보내는 것이 아닐까 생각한다.

이직한 직장에서 나의 바람은 공기 같은 존재가 되는 것이었다. 분명 존재하지만 아무도 인식하지 못하는 사람이 되길 바랐다. 승진도 발령도 없이 은퇴를 하고 싶다고 말하면 사람들은 농담인 줄 안다. 최근 같은 연차 직원이 승진하였다. 일도 잘하고 평판도 좋은 직원들이라서 진심으로 축하해 주었다. 작은 곳에서 편하게 일을 하고 있었기 때문에 당연히 승진 대상이 아니라고 생각했다. 하지만 사람들은 승진되지 못했다고, 안타까워하며 다음 기회를 노려보자고 했다. 승진보다는 발령 나지 않고 한곳에서 조용히 일하고 싶다고 말을 해도 늦어지면 좋지 않다면서 나의 생각을 무시했다.

모든 직장인이 더 높은 곳, 더 많은 월급을 바라지는 않을 것이다. 책임감이 부담스러운 직원은 평사원이길 바랄 것이고, 저녁 있는 삶을 원하는 직원은 정시 퇴근을 더 바랄 수도 있다. 왜 모든 직장인이 같은 목표를 가지고 있다고 생각하는 걸까? 승진이 인생의 행복을 결정하지 않는데 말이다. 직장에서 꿈을 이루기보다는 퇴근 이후 시간을 즐기고 싶은 사람도 있다는 것을 알아주었으면 좋겠다.

몇 년 전만 해도 퇴근 후 혼자 맥주를 마신다고 하면, 사람들은 이상하게 생각했다. 혼자 술을 마시는 건 알코올 중독이라며 조심해야 한다고 충고했다. 술을 마시고 싶다면, 친구나 가족과 함께 마시라며 걱정해주었다. 그들은 사람 만나는 직업을 가진 내가 하루 일과를 정리하는 작은 보상을 병으로 취급했다.

2016년 드라마 '혼술남녀'가 방영될 만큼 혼자 술 마시는 사람을 바라보는 시각이 달라졌다. 타인을 신경 쓰지 않고 술 한 잔 마시는 문화가 형성된 것이다. 그 이후 내가 혼자 맥주를 마신다고 말하면 혼술이 최고라든지, 멋있다고 이야기해주었다. 나의 행동은 바뀌지 않았는데 사람들의 반응이 달라진 것이다. 지금은 맞고 그때는 틀린 걸까? 사람들의 생각은 시대와 기준에 따라 변하는 것 같다. 사람들의 판단은 언제든지 달라질 수 있다. 그러므로 사람들이 정해준 기준에 맞추지 말고 내가 원하는 방식으로 살아야 한다. 타인이 정해 준 BEST ONE이 아닌 나만의 방식으로 살아가는 ONLY ONE이 되어야 한다.

결혼하지 않아도 괜찮을까?

나는 30대 중반의 미혼 여성이다. 한국에서는 이 나이가 되면 당연히 결혼을 했을 거라고 생각한다. 결혼하지 않았다면 얘기하면 그 이유를 궁금해한다. 만나는 사람이 없다고 하면 눈이 높다고 핀잔을 주고, 인연을 만나지 못했다고 하면 좋은 사람을 만나는 데도 노력이 필요하다고 조언한다. 30대까지는 솔로라도 괜찮지만 나이가 들면 쓸쓸해진다며 결혼은 필수라고 말한다. 이런 이야기를 계속 듣고 있으면 결혼하지 않았다는 이유만으로 낙인찍히는 기분이 든다.

하지만 결혼을 했다고 해서 항상 행복한 것은 아닌 것 같다. 결혼한 사람들의 얘기를 들어보면 결혼 생활도 녹록지 않은 것 같았다. 생활 패턴이 다른 두 남녀가 만나 한 공간에 생활하면서 발생하는 갈등과 시댁과의 소소한 마찰로 인한 속상한 감정을 호소한다. 특히 아기가 태어나면 육아에 대한 어려움과 양육에 대한 책임감으로 힘들다고 했다.

나의 엄마는 슈퍼우먼이었다. 하루 종일 일한다고 피곤하셨지만 항상 맛있는 음식을 해주셨다. 자고 일어나면 집 안은 깨끗했고, 학원을 다녀 오면 빨래도 깔끔하게 마무리되어 있었다. 워킹맘이셨던 엄마는 우리를 잘 챙겨주지 못한다는 죄책감을 가지고 계셨던 것 같다. 그래서 일을 하고 돌아오면 우리를 늘 따뜻하게 대해주셨다. 어릴 때는 모든 엄마가 그런 줄 알았다. 나이가 들면서 엄마가 얼마나 대단한 사람이었는지 알게 되었다. 그걸 알게 되면서 결혼은 희생과 노력이 필요하다고 생각했던 것 같다.

물론 이런 생각 때문에 결혼을 하지 않았던 것은 아니다.

결혼에 관해 고민할 때 마스다 미리의 '결혼하지 않아도 괜찮을까?'라는 책을 읽었다. 책의 주인공인 수짱은 30대 중반의 미혼 여성으로, 아이도 없는데 할머니가 되어버릴까 봐 걱정한다. 하지만 하루하루를 성실히 살아가고, 노후 준비도 하려고 노력한다. 물론 현재 자신의 삶을 즐기는 것에도 충분한 시간을 투자한다. 반면 수짱의 친구 마이코는 작년 맞선을 통해 결혼한 임산부이다. 직장 분위기 때문에 출산휴가를 받을 수 있는 상황이 안 되어 퇴사를 하고 가정주부가 되었다. 마이코가 아닌 엄마로 살아갈 자신을 받아들이고자 노력한다. 이 책에서는 결혼하지 않은 주인공은 미래에 대한 막연한 불안감을 안고 살아갔고, 주인공 친구는 결혼으로 다른 역할을 부여받은 책임감을 안고 살아갔다. 이 책에서는 결혼을 해도, 결혼을 하지 않아도 모든 주인공이 삶에 대한 고민을 하면서 살아간다. 결혼을 해도 수짱의 친구처럼 삶의 다른 고민을 해야 한다는 사실을 알게 되었다.

결혼을 하지 않은 나에게 '비혼주의자냐?'라고 물어보는 사람이 있다. 비혼을 선언할 만큼 결혼 제도를 반대하는 사람도 아니지만, 누군가와 꼭 결혼해야 한다고 생각하지도 않는다. 결혼을 해야 한다고 생각하는 사람들이 말하는 노후에 대한 불안, 외로움은 나 역시도 고민되는 부분이다. 하지만 누군가와 평생을 살아야 할지도 모르는 중대한 결정을 사람들의 관심 때문에 떠밀려가듯 결정하고 싶지는 않다. 결혼은 행복을 결정짓는 전제 조건이 아니기 때문이다.

결혼하지 않아도 정말 괜찮을까?

결혼은 타인의 시선 때문에 반드시 해야 하는 과제가 아니다.
누군가와 함께 있고 싶고, 같은 길을 걷고 싶을 때 선택하면 된다. 그렇기에 '결혼하지 않아도 괜찮을까'에 대한 질문은 타인이 아닌 스스로에게 해야 한다. 그것이 내가 행복하게 살아가는 방법이다.

소확행

횟김 비용(스트레스를 받아 횟김에 지출하는 비용)
소확행(소소하지만 확실한 행복)

두 신조어가 생긴 이유는 현재 우리의 삶이 행복하지 않아서인 것 같다. 직장인은 하루의 많은 시간을 일을 하면서 보낸다. 하루 중 가장 많은 시간을 보내는 직장에서 행복하면 좋겠지만, 남의 돈을 버는 것은 쉬운 일이 아니다. 그래서 스트레스를 줄이고, 최대한의 행복을 누리기 위해 각자 노력이 기울일 필요가 있다.

힘든 하루를 술로 보상받고 싶을 때가 있었다. 직장 동료와 상사를 안주 삼아 술을 마시기도 했고 가끔은 혼자서 한잔하기도 했다. 술이 지친 나를 다독여주고 내일 출근할 수 있는 힘을 만들어준다고 생각했다. 하지만 술을 마시는 횟수가 늘어나면서 피곤은 쌓여만 갔다. 과하게 마신 다음날은 업무 집중도는 떨어지고 집에 가서 쉬고만 싶었다.
지치고 힘든 날이면 나에게 선물을 해주고 싶었다. 평소에 가지고 싶었던 것이나 필요한 물건을 구입하면 좋겠지만, 대부분 그런 날은 현명하지 못했다. 쇼핑몰을 보다가 갑자기 사고 싶은 물건을 고민 없이 사버릴 때도 있었고, 할인을 한다는 이유만으로 많은 양을 구입할 때도 있었다. 계획된 소비가 아니었기에 구입한 물건 중 대다수는 사용하지 않고 버릴 때도 있었다. 보상을 주기 위해 한 행동이었지만 몸과 돈이 축나는 느낌이었다. 작지만 확실한 행복을 줄 수 있는 나만의 방법이 필요했다.

평소 움직이는 것을 싫어하지만 날씨가 좋을 때는 산책을 즐긴다. 머리가 아플 정도로 고민이 생기면 이상하게 걷고 싶다. 목적지보다 한두 코스 전에 내려 걸어가거나 가까운 공원에 들려 산책을 한다. 좋아하는 노래까지 들으며 걷다 보면 복잡한 머릿속이 한결 가벼워진 느낌이 든다. 상쾌한 밤공기는 뻐근해진 두 다리마저도 기분 좋게 만들어준다.

존경했던 선임에게 힘들 때 극복하는 방법에 대해 물어보니 책을 읽는다고 했다. 책을 읽으면 해답을 얻기도 하고 마음도 정리가 된다고 하셨다. 처음에는 말도 안 되는 방법이라고 생각했지만 속는 셈 치고 책을 읽어보기로 했다. 시작이 반이라고 한 달에 3-4권씩 책을 구입했지만 1권을 겨우 읽는 정도였다. 하지만 꾸준히 사서 읽다 보니 매달 2-3권의 책은 읽을 수 있게 되었다. 책을 읽는다고 모든 어려움에 해답을 얻는 것은 아니었다. 그럼에도 힘든 마음을 위로받을 수 있었고 다양한 생각을 할 수 있는 기회도 마련되었다. 책을 읽는다고 전문분야 지식이 쌓이는 건 아니었지만 성장한다는 느낌이 들어 좋았다.

여행이라는 단어만 떠올려도 가슴이 콩닥거린다. 준비하는 순간부터 마음이 설렌다. 어디로 갈 것인지 고민하는 순간부터 분, 단위, 계획을 짜는 것까지 즐겁다. 다녀온 이후에는 사진을 보면서 그때의 추억을 떠올려본다. 그리고 다음 여행지를 찾아보면서 혼자 설레곤 한다. 주변 사람들이 여행을 간다고 하면 내가 작성한 계획서와 맛집 정보를 알려주는 것도 즐겁다.

"매일 행복하진 않지만, 행복한 일은 매일 있어"

'곰돌이 푸, 행복한 일은 매일 있어' 책에 나온 구절이다. 바쁜 일상 속에 살다 보면 지치고 힘들 때가 많다. 비관적인 마음이 들 때도 있고 행복이라는 단어가 나와 상관없는 것처럼 느껴질 수도 있다. 그럴 때마다 우리는 일상 속에서 작은 즐거움을 찾기 위해 노력해야 한다. 한 번뿐인 인생을 소중하게 살아가기 위해 작지만 확실한 행복을 추구하는 사람이 되어야 한다.

실수와 성장의 상관관계

"윤호 갑자기 울어. 배고픈 거야?"

"윤호 밥 안 먹으려고 하는데, 계속 먹일까? 말까?"

조카 윤호가 태어난 지 100일, 여동생이 엄마가 된지도 100일이 되었다. 아기를 돌보면서 조그만 행동 변화라도 생기면 여동생에게 물어본다. 왜 우는지, 왜 밥을 안 먹는지 궁금해서 물어보면 여동생은 모르겠다고 말한다. 아기가 뭘 원하는지 몰라서 답답하다고 말했다. 여름철 아기 얼굴에 태열이 올라와 걱정스러운 마음에 잔소리를 했다. 여동생은 에어컨을 틀면 코감기로 잠을 설치고 에어컨을 끄면 태열이 올라와 본인도 걱정이라고 했다. 생각해보면 여동생이 엄마가 된 지 100일 밖에 되지 않았다. 아기는 자신의 마음을 말로 표현하지 못하므로 모든 것을 알아차리는 것은 쉽지 않았다. 하지만 '엄마'라는 이유 하나만으로 완벽해야 한다고 생각했던 것 같다. 여동생의 실수를 이해할 수 있어야 했는데 나는 다그치기만 했던 것 같다.

돌이켜 생각해보면 나도 첫 선임이 되었을 때 많은 실수를 하였다. 갑자기 팀장님이 발령이 나면서 3년 차에 선임을 달았다. 준비 없이 결정된 일이라서 기쁨보다는 부담감이 엄습했다. 좋은 평가를 해준 기관의 기대에 부응해야 했고 괜찮은 선임이 되어야 한다는 부담감도 있었다. 빠른 성과를 내야 한다는 생각과 잘해야 한다는 압박이 올바른 평가를 내리지 못하게 했다. 가장 후회하는 일은 직원의 성장을 도와주지 못한 것이다. 한창 성과를 요구하던 시기여서 직원을 두루 살펴줄 마음의 여유가 없었다.

일을 잘하는 직원에게 많은 업무를 배정하고 일을 못하는 직원에게는 누구나 할 수 있는 업무만 주었다. 처음에는 성과가 나타났지만 곧 부정적인 결과가 나왔다. 일을 잘하는 직원은 과중한 업무에 지쳤고 일을 못하는 직원은 성장이 멈추었다. 준비되지 않았던 선임이 할 수 있는 가장 큰 실수를 한 것이다. 그 실수 때문에 업무를 맡길 때 많은 고민을 하게 되었다. 그러면서 직원마다 모두 다르다는 사실을 인정하고 천천히 기다려주는 선임이 되기 위해 노력하고 있다.

'남을 따르는 법을 알지 못하는 사람은 좋은 지도자가 될 수 없다'
그리스 철학자 아리스토텔레스가 한 말이다. 그때는 그 말의 의미를 알지 못했다. 팀장이 되었을 때 괜찮은 선임이 되기 위해서는 노력했지만 좋은 후임이 되기 위한 노력은 하지 않았다. 중간관리자 역할을 잘못 생각했던 것이다. 지금 생각해보면 상사의 생각을 물어볼 수도 있었고, 부드럽게 나의 의견을 표현할 수도 있었는데 그게 쉽지 않았다. 지금도 여전히 나의 의견을 강하게 표현하다 보니 상사와 불편해질 때가 있다. 하지만 상사가 어떤 생각을 하고 이야기를 했는지 이해하기 위해 노력하고 있다.

9년이 지난 지금은 조금 달라졌다. 좋은 선임이 되었는지 물어본다면 '네'라고 장담할 수는 없지만 과거에 비해 많이 나아진 것 같다. 실수는 나를 성장시키는 영양분이 되어 주었다. 여동생 역시 조카 윤호를 키우는 과정에서 실수를 하겠지만 분명 경험은 성장의 기회로 이어질 것이다.

실수를 두려워하지 않아도 된다.

우리 모두 처음 살아보는 인생이기에 실수는 당연하다.

경험 속에서 실수가 발생하더라도 경험은 성장할 수 있는 발판이 될 수 있다. 그러니 너무 실수를 너무 두려워하거나 무서워하지 않아도 된다. 오늘의 실수가 내일 나를 빛나게 하는 기회가 될 수 있다.

이것 또한 지나가리라

어릴 때 아버지가 '세상에서 누가 제일 좋으냐'라고 물으면 '외할머니'라고 대답했다. 그만큼 외할머니는 내게 특별한 사람이었다. 맏이인 엄마의 첫 번째 딸인 나를 세상 누구보다 사랑해주셨다. 만날 때마다 두 팔을 벌려 꼭 안아주셨고, 사소한 이야기도 귀 기울여 들어주셨다. 사랑이라는 단어를 떠올리면 외할머니가 나에게 주신 마음이 생각난다.

수능을 마친 후 특별히 할 일이 없었던 나에게 할머니는 대학병원에 같이 가자고 하셨다. 동네 병원에서 소화불량으로 약을 먹었지만 나아지지 않아 검사를 받아야겠다고 말씀하셨다. 간단한 검사를 마친 후 의사는 보호자를 불러오라고 했고, 그날 외할머니는 입원하셨다. 며칠 뒤 암 판정을 받으셨고, 이미 다른 장기로 전이되어 치료가 어렵다고 의사는 말했다. 입원한 외할머니를 간호할 사람이 없었기에 당시 학교가 방학이었던 내가 밤 시간 이외에는 병원에서 하루를 보냈다.

간병이라기보다는 보조침대에 앉아서 식사 시간이 되면 밥을 가져다드리고 외할머니가 시키는 일을 했다. 하루 종일 외할머니와 텔레비전을 보거나 좋아하는 만화책을 보는 것이 전부였다. 병원에 입원하기 전에는 소화만 안 되셨는데, 입원 후부터는 급격히 건강이 나빠지셨다. 자존심이 강하셨기에 손녀의 도움이 달갑지 않은 눈치셨다. 아픈 몸은 생각지도 않고 도움을 거부하셨고, 그런 마음을 이해하지 못했던 나와 자주 다투셨다. 통증으로 날카로워졌던 외할머니를 이해하기에 나는 너무 어렸다.

어느 날 외할머니는 이유 없이 화를 많이 내셨다. 도움 필요 없다면서 집에 가라고 소리치셨고, 속상한 마음에 엄마에게 전화를 걸었다. 소소한 다툼이 일어나는 걸 알았던 엄마는 간병인이 올 때까지 기다렸다가 돌아가라고 했다. 섭섭한 마음에 외할머니에게 인사도 제대로 하지 않고 집으로 돌아갔다. 그런데 바로 그날 저녁, 외할머니가 돌아가셨다. 마지막 이별을 제대로 하지 못했다는 죄책감에 펑펑 울었다. 슬퍼하는 나에게 엄마는 외할머니가 돌아가시는 날을 알고 마지막 모습을 보여주기 싫어서 보낸 것이니 자책하지 않아도 된다고 했다. 유난히 깨끗한 것을 좋아하셨던 할머니를 간병인이 씻겨주었다는 소리와 함께 마지막 가는 길이 좋으셨을 거라고 하면서 말이다.

만약 외할머니와 싸우지 않았더라면, 끝까지 자리를 지켰더라면, 마지막 인사를 웃으면서 했다면 지금보다는 덜 죄송했을 것 같다. 가장 사랑했던 외할머니를 따뜻하게 안아드리지 못한 나의 행동이 아쉬웠다. 시간이 흐르자 외할머니를 생각하면서 우는 날은 조금씩 줄어들었다. 엄마의 얘기처럼 나를 너무 사랑해서 마지막 가는 길을 보여주지 않았을 거라는 생각도 들었다. 그나마 병원에 계시는 동안 곁을 있어드려서 다행이라는 생각까지 들었다.

인생에서 가장 슬프고 후회했던 순간도 시간이 지나면 조금씩 무뎌지는 것 같다. 만약이라는 단어로 스스로를 괴롭히는 시간도 함께 줄어드는 것 같다.

나는 첫 직장은 지옥 같았다. 갑작스럽게 두 명의 팀장님이 타 기관으로 인사가 난 후 신입 직원인 내가 입사했다. 비슷한 연차의 직원이 올 거라고 믿고 있었던 직원들은 일을 전혀 알지 못하는 신입이 오자 당황해했다. 직원들의 마음을 이해하고 살갑게 지냈더라면 직장 생활이 훨씬 편했겠지만, 환영받지 못한 분위기 때문인지 그러지를 못했다.

직장 생활이 처음이었기에 모든 업무가 어려웠다. 전화를 받고 담당자에게 연결하는 간단한 업무조차 실수할 때가 많았다. 복사기와 팩스기를 사용할 때 오류가 생기면 눈치가 보였다. 다른 직원들은 짧은 시간에 보고서를 뚝딱 작성하는데 하루 종일 같은 문장을 쓰고 지우는 내 모습이 한심하게 느껴졌다. 조직에서 불필요한 존재처럼 느껴져 자존감도 한껏 떨어졌다. 신입이기에 실수할 수 있었지만 무서운 마음에 빨리 보고하지 못했다. 스스로 해결해보려고 노력했지만 시기를 놓쳐 오히려 더 큰 문제를 불러오기도 했다. 낮아진 자존감과 익숙하지 않은 업무 스트레스로 우울한 마음은 커졌다. 아침 일찍 출근했지만 사무실 문 앞에 들어가기가 두려워 서성거린 적도 많았다. 퇴근 후 버스를 타면 나도 모르게 눈물이 흘렀다. 끝나지 않은 터널 속에서 길을 잃은 느낌이었다.

퇴사 후 두 번째 직장을 얻고 옛 직원을 만나 술 한잔했다. 서로의 흑역사에 대해 이야기하면서 웃었다. 대표이사님의 전화를 잘못 받은 사소한 실수부터 보고서 수치를 잘못 작성한 큰 잘못까지 끝도 없었다. 가슴에 대못이 박힐 만큼 심한 말을 들었던 것, 상사에게 혼나서 화장실에서 혼자 울었던 것까지 얘기했다. 점심시간 빨리 밥을 먹고 사무실 주변을 산책했던 기억, 손재주 있는 직원이 해준 네일, 상사의 회의 내용을 듣기 위해 망을 보면서 훔쳐들었던 순간의 기억까지 떠올랐다. 우리는 그때 많이 힘들었다. 끝없이 주어진 업무를 해내기 위해 잦은 야근과 주말 출근을 했다.

일이 끝나기 전에 다른 업무가 주어졌고, 좋은 성과가 나와야 한다고 강요당했다. 주어진 일을 잘하고자 노력하고 애쓰는 과정도 많이 힘들었다. 도망치고 싶었지만 지친 나를 다독이기 위해 노력하며 시간을 보냈다. 그 시간과 노력은 우리를 배신하지 않았다. 그 시기를 겪었기에 다시 만난 우리가 웃을 수 있지 않았을까.

시간의 힘은 무서운 것 같다. 죽도록 후회되는 일들도 서서히 잊게 만들고, 힘들어서 죽을 것 같은 날들도 다시 추억할 수 있도록 도와준다. 시간이 모든 것을 해결해주는 것은 아니지만 그 순간을 묵묵히 견디고 나면 다시 웃을 수 있는 날을 만들어준다는 의미에서 '이것 또한 지나가리라'라는 말이 생겨나지 않았나 생각된다. 그러므로 후회되는 일, 힘든 일들이 다시 생겨날 수 있겠지만 그 순간 지쳐 쓰러져 있기보다는 언젠가 다시 좋아질 거라는 믿음으로 꿋꿋이 견뎌내는 사람이 되고 싶다.

모든 것은 선택이다.
불확실한 세상에 대해 불확실한 태도로 살아갈 것인지,
확실한 태도로 살아갈 것인지,
철저히 개인의 몫이다.
'단독자의 삶'을 살아야 한다.

누군가의 조언으로 지난 밤, 마음을 위로받았다고 하더라도
오늘 아침에 마음을 다독여 현관문을 나서는 것은
자신의 선택이다.

「의미 있는 일상」 중에서

꿈 대신 행복 찾기

독서모임에서 꿈에 관한 이야기를 나눌 때 누군가 맛있는 커피를 내리는 카페 사장이 되고 싶다는 얘기를 했다. 다니는 직장에서 돈을 모은 후 창업하는 것이 목표라면서 주말마다 커피 내리는 것을 배운다고 했다. 남들이 부러워하는 직장을 다니고 있는데 취미로 하면 되는데, 굳이 창업까지 하고 싶은지 이해되지 않았다. 하지만 꿈에 관한 이야기를 할 때 그 사람의 환한 표정을 보니 조금은 알 것 같았다. 최근 유행하는 오디션 프로그램을 보면 모두 저마다 꿈을 가지고 있는 것 같다. 매주 진행되는 경연 스트레스를 이겨내고 좋은 점수를 받기 위해 노력하는 모습을 보면서 무엇이 저들을 꿈꾸게 하는지 궁금해졌다.

내 꿈은 무엇일까? 취업 후 일어나면 일하고 퇴근하면 잠을 자는 생활을 반복하다 보니, 꿈이 무엇인지 기억나지 않는다. 물론 어릴 때부터 무엇을 하고 싶다는 명확한 마음은 없었다. 톰 크루즈가 나오는 '어 퓨 굿 맨'이라는 영화를 보면서 국선 변호사가 되는 것을 꿈이라고 생각했지만, 잠시뿐이었다. 만화책을 보면서 불량 청소년을 가슴 따뜻하게 안아주는 교사가 되고 싶다는 생각도 했지만 한때였다. 그리고 보면 꿈을 위해 시간을 투자한 적이 없었던 것 같다. 사회복지학과를 전공하여 취업할 때도 큰 고민 없이 사회복지사가 되었다. 첫 번째 직장이 힘들어 퇴사한 후 절대 사회복지사를 하지 않겠다고 마음먹었지만, 배운 것이 도둑질이라고 다시 같은 업종으로 재취업했다.

같은 업종으로 12년간 근무를 하다 보니 새로운 일을 하고 싶은 의욕이 사라졌다. 그만두고 재취업하면 월급은 적게 받아도 9시에 출근해서 6시에 퇴근하고 싶다는 소박한 욕심만 있을 뿐이다. 이런 마음 때문에 꿈에 대한 이야기를 나눌 때면 마음이 불편하다. 다들 마음속 뜨거운 열정을 가지고 있는데 나만 아무 생각 없이 살고 있는 건 아닌가 걱정되기도 한다. 꿈이 있어야 한다는 강박관념에 시달릴 때도 있지만, 원하는 게 없는 나라서 꿈 찾기를 포기했다. 그 대신 원하는 것을 찾아보기로 했다. 꿈을 찾는 건 어려웠지만, 원하는 것을 찾는 건 비교적 쉬웠다.

최인철 교수의 「굿라이프」 라는 책에서 행복의 본질은 즐거움을 경험하는 것, 부정적인 경험을 하지 않는 것, 타인의 웰빙에 기여하는 것, 자신이 성장하는 것이라고 했다. 타인에게 도움을 주며 살아가는 삶이 행복의 중요한 요소라고 설명하고 있지만, 타인에게 좋은 일 하는 사람으로 표현되는, 사회복지사가 직업인 나는 부담스러웠다. 희생정신이 투철한 직장 동료들과 함께 일을 하다 보면 스스로를 챙기려는 내가 나쁜 사람처럼 보일 때도 있었다. 직장 동료들의 숭고한 마음이 대단해 보였지만, 내가 행복해야 타인도 진정으로 위할 수 있다는 생각에 나는 나를 먼저 챙기면서 살아가는 방식을 선택했다.

가슴 떨리고 특별한 일을 해야 한다는 생각을 버리고 나니 마음이 편해졌다. 꿈이 없다고 삶을 소중하지 않은 것은 아니다. 무엇보다 각자가 생각하는 행복의 조건을 지키면서 하루하루를 잘 보내는 것이 중요하다고 생각한다. 내가 생각하는 행복은 좋아하는 일을 하면서 돈을 버는 것이다. 일을 하면서 항상 좋을 수는 없겠지만 하루하루 일의 의미를 찾는 사람이 되고 싶다.

가족, 친구 등 좋아하는 사람과 많은 시간을 보내고 싶고, 싫어하는 사람과는 최대한 거리를 두고 싶다. 맛있는 음식을 먹고 원하는 곳에 여행을 다니면서 내가 좋아하는 일에 시간을 할애하고 싶다. 싫은 일은 적당히 거절하면서 스트레스를 최대한 줄이고 싶다. 사랑하는 사람을 대하듯 나만의 행복을 추구하면서 살아가고 싶다. 행복한 삶을 살고자 나는 매일 기도한다.

"제가 행복하게 살 수 있는 방법을 찾는 영리함을 주세요.
스스로를 온전히 이해하고, 사랑할 수 있는 사람이 되게 해주세요.
나와 타인을 수용할 수 있는 따스함이 있는 사람이 되게 해주세요"

전하지 못한 말, '선하야 미안해'

특가 세일로 나온 에어텔 상품을 구매하여 여동생과 함께 오키나와로 떠났다. 겁 없는 우리 자매는 운전석 방향도 다른데, 배짱 넘치게 자동차도 렌트했다. 둘 다 운전 경력도 긴 편이었고 매일 자차로 출퇴근하고 있어 운전에 대한 두려움은 없었다. 하지만 렌터카 운전대를 잡는 순간 예상과는 달리 몸이 긴장되기 시작했다. 차선을 맞추는 것도 쉽지 않았고, 바뀐 운전석 방향 때문에 좌회전, 우회적 하는 것도 쉽지 않았다. 다시 초보운전자가 된 기분이었다.

12월의 오키나와 낮은 여름과 별다르지 않았다. 선팅도 없는 편이라서 햇살의 뜨거움이 그대로 전해져 에어컨을 틀어도 전혀 시원하지 않았다. 더운 날씨에 미숙한 운전으로 스트레스는 최고치로 올라갔고 목적지를 찾는 것도 쉽지 않았다. 좁은 골목길을 겨우 빠져나와 네비게이션이 알려준 장소에 도착했지만 원했던 목적지가 아니었다. 당황한 여동생은 주변을 살펴보다가 주차장이 보이지 않는다고 이야기했다. 그 말을 듣는 순간 다시 길을 찾아야 한다는 생각에 짜증이 났다. 욱하는 감정을 추스르지 못하고 옆에 있는 여동생에게 이유 없이 화를 냈다. 예민한 상태라는 걸 파악한 여동생은 적극적으로 길을 찾아주었다. 그때는 당황하지 않고 옆에 앉아 내가 편하게 운전할 수 있도록 도와준 여동생의 고마움을 알지 못했다. 가깝고 편하다는 이유로 화를 냈으면서도 제대로 사과조차 하지 못하고 지나갔다.

여동생에게는 순간의 화를 참지 못하고 표현해버렸지만, 친구와 여행 갔을 때는 전혀 다른 상황이 벌어졌다. 처음 오사카로 해외여행을 갔을 때, 호텔을 찾는 것조차 쉽지 않았다. 지도를 전혀 볼 줄 몰랐던 나는 친구를 따라다니면서 길을 찾기 위해 노력했다. 외국인에게 말을 걸기 두려워 같은 곳을 빙빙 돌며 긴 시간 헤맨 적도 있다. 특히 오사카 우메다 역은 지하철과 기차가 함께 다니는 곳이라서 찾기가 더욱 어려웠다. 무거운 캐리어를 들고 계단을 오르락내리락했지만, 이상하게 힘들거나 화가 나지 않았다. 빡빡한 일정 때문에 예약한 곳을 시간 안에 가려고 총총거리며 뛰어다녔지만, 그 순간조차 즐거웠다. 더운 날씨에도 불구하고 대여한 기모노를 입고 땀을 뻘뻘 흘리며 산 중턱에 있는 신사도 방문했다. 불편한 조리 신발로 발이 아팠지만 사진이 예쁘게 나온다고 좋아했다. 일정을 마치고 온천에서 술 한잔하면서, 오늘 겪은 힘든 일들이 추억이 될 거라고 웃었다. 친구와 함께 있으면서 모든 순간을 배려했고, 즐겁게 보내려고 노력했지만 여동생에게는 그러지 못했던 것이다.

최근 엄마와 단둘이 태국 치앙마이로 여행을 갔다. 영어를 잘하지 못해서 여행이 순조롭게 진행되지는 않았다. 하지만 일정을 마치고 숙소에 돌아오면 엄마는 여행지에서 찍은 사진을 보며 좋아하셨다. 여행을 준비해주어서 고맙다고, 우리 딸이 최고라고 말씀해주셨다. 고맙다는 말이 쑥스러워 제대로 답변하지 못했지만 그 말을 들을 때 많이 뿌듯했다. 여행을 준비한 시간과 투자한 돈에 대한 보상은 엄마의 말 한마디로 충분했던 것이다. 자신의 마음을 가까운 사람에게 어떻게 표현해야 하는지 엄마는 알고 계셨던 것 같다.

행복 나눔 125 운동 중 '감사 미소' 캠페인이 있다.

감사미소는 '감사해요', '사랑해요', '미안해요', '소중해요' 네 가지 말로 고마움을 나누어 일상의 행복을 찾자는 운동이다.

직장 동료나 친구에게는 고맙다. 미안하다는 말을 하지만 정작 가까운 사람에게는 표현하지 못하고 살아왔던 것 같다. 내 마음을 모두 알고 있을 거라는 생각과 쑥스럽다는 이유만으로 마음을 표현하지 못했던 것이 미안하다. 어렵지 않은 그 한마디를 하지 못하고 시간을 보내고 나면 나중에 많이 후회할 것 같다. 앞으로는 먼저 감사하다. 미안하다는 말을 전달하는 사람이 되고 싶다. 여행을 준비한 나에게 고마운 마음을 표현한 엄마처럼 말이다. 말 한마디가 우리 인생을 조금 더 따뜻하게 만들어준다는 사실을 잊지 말아야 할 것 같다.

어른의 품격

어릴 때는 나이가 들면 어른이 된다고 생각했다. 시간이 지나면 불안한 삶에 대한 확신과 마음의 여유가 생기고, 많은 상식을 갖춘 배려 있는 사람이 될 거라고 믿었다. 어릴 적 어른이라고 생각했던 나이에 이르자, 내가 어른이 되었는지 궁금해졌다. 20대부터 성장이 멈추고 나이만 먹은 느낌이다. 요즘은 나이가 많으면 모두 어른이라고 생각되지 않는다. 성숙한 어른이 있는가 하면, 그냥 나이만 먹은 어른도 있는 것 같다.

최근 한국으로 돌아오는 비행기 티켓을 끊기 위해 줄을 섰다. 비행기 출발 3시간 전이라 줄은 길지 않았다. 우리 뒤편에는 단체 관광객이 있었고, 가이드는 수하물을 맡기는 방법을 설명하고 있었다. 여행 기간 동안 즐거움을 나누고 싶었는지 단체 관광객은 조금 소란스러웠다. 갑자기 누군가 다리를 툭하고 쳤다. 깜짝 놀라 뒤를 돌아보니 뒤편의 아저씨가 캐리어로 나를 친 것이다. 아저씨는 정확하게 사과를 하지 않으셨고, 옆에 있는 일행이 주심하라고 웃으면서 이야기를 했다. 캐리어로 친 것은 실수라서 넘어갈 수 있었지만 사과조차 하지 않는 모습에는 짜증이 났다. 그 후로 이동할 때마다 캐리어가 바짝 붙어 불편함이 계속되고 있었는데, 툭툭 치는 횟수가 점점 늘어났다. 화가 나서 거리를 유지해달라고 항의를 했다. 별거 아닌데 화를 낸다고 생각하셨는지, 웃으면서 성의 없게 사과를 하셨다. 누구나 실수를 할 수 있겠지만, 타인에게 의도하지 않은 피해를 입혔다면 사과를 하는 것이 중요하다. 이러한 사소한 원칙조차 지키지 않는 모습이 많이 아쉬웠다.

반면 치앙마이 여행에서는 단체 관광객과 전혀 다른 멋있는 어른을 만났다. 일일투어에서 만난 홍콩 아저씨는 아들과 함께 여행을 오셨다. 처음 본 우리에게 웃으면서 인사를 해주셔서 덩달아 우리도 웃으며 인사를 했다. 그때만 해도 인상이 좋다는 생각밖에 없었다. 그분이 멋있다고 생각하게 된 이유는 점심 식사 때부터였다. 투어에서 준비한 밥과 반찬이 나올 때마다 종업원에게 감사하다고 인사했고, 우리에게 음식을 먼저 덜어먹으라고 양보해주셨다. 아들과 도란도란 이야기를 나누면서 식사를 하셨고 흘린 음식을 치우기 위해 휴지통을 찾았다.

깊숙하게 박혀있는 휴지를 꺼내는 것이 쉽지 않았는데 홍콩 아저씨는 옆 테이블에서 휴지를 꺼내어 건네주셨다. 세심한 배려 때문에 감사하다고 인사를 드리자 싱긋 웃어주셨다. 식사를 마치고 엄마와 얘기를 나누는 동안 아저씨는 남은 밥과 반찬을 더 드셨다. 같이 먹는 사람에게 피해를 줄까 봐 식사를 마칠 때까지 원하는 만큼 드시지 않으셨던 것 같다. 투어가 끝나고 숙소로 돌아오면서 엄마와 홍콩 아저씨의 매너에 대해 이야기를 했다. 밝은 표정, 감사 표현, 타인에 대한 배려, 그분 덕분에 일일투어가 훨씬 더 즐거웠던 것 같다.

어떤 어른이 되고 싶은가?
나는 기본적인 매너를 갖춘 어른이 되고 싶다.
공항에서 만난 단체 관광객은 타인에게 피해를 끼쳤지만 크게 미안해하지 않았다. 우선 피해를 끼치지 않기 위해 노력하는 것이 중요할 것 같다. 그리고 만약 실수를 했다면 인정하고 제대로 사과하고 다시 반복하지 않기 위해 노력해야 할 것 같다.

타인을 배려하는 어른이 되고 싶다.

홍콩 아저씨는 나에게 먼저 식사를 할 수 있도록 양보해주셨다.

요청하지 않았지만 필요한 휴지도 건네주셨다. 그분의 작은 행동이 나를 기분 좋게 만든 것처럼 친절하고 따스하게 타인을 대하는 것 자체가 배려라는 생각이 들었다.

나이는 어른이 될 수 있는 기회를 부여받는 거라고 생각한다. 그 기회를 소중하게 생각하고 성숙한 사람이 되기 위해 노력하고 싶다. 홍콩 아저씨를 떠올리면 멋있다는 생각이 드는 것처럼 나도 괜찮은 어른이 되고 싶다.

걱정한다고 달라지는 건 없어!

가족을 위해 희생한 엄마의 60살 생일에 특별한 선물을 드리고 싶었다. 어떤 선물을 드리면 좋을지 고민하자, 친구가 '엄마와 여행 떠나기'를 추천해 주었다. 여동생과 가족 여행을 떠난 적은 있지만 엄마와 단둘이 여행을 가 본 적이 없었다. 그래서 엄마의 60세 생일 선물로 여행을 준비했다.

모녀 여행을 준비하지 않았던 큰 이유는 걱정 때문이었다. 패키지여행처럼 여행을 잘 준비해야 한다는 부담과 영어를 잘하지 못한다는 자신감 부족이 이유였다. 보통 가족 여행을 가면 영어를 잘하는 동생들 덕분에 문제가 척척 해결되어 어려움이 없었다. 그래서 혼자 엄마를 모시고 떠나야 한다는 부담감은 상당했다. 여행지에서 곤란한 일이 생길까 봐 걱정하며 비행기 티켓을 끊었다. 모든 일정이 순조롭게 진행되길 바라는 마음에 여행 준비를 더욱 철저히 했다.

걱정과는 달리 여행은 별 탈 없이 진행되었다. 여행지에서 사용하는 영어는 대부분 비슷해서 대충 알아들을 수 있었다. 또한 눈치 빠른 엄마는 영어를 알아듣지 못했지만 어떤 말을 하는지 찰떡처럼 알아내셨다. 방콕 여행 3일간 맛있는 음식도 먹고 원하는 장소를 다니면서 즐거운 시간을 보냈다.

그렇다고 모든 순간이 순조로운 것은 아니었다. 치앙마이로 이동하여 도착한 호텔에서 첫 번째 시련이 찾아왔다.

보통 호텔에서는 여권만 요청하는데 여기는 많은 걸 요구했다. 결제를 미리 끝내고 갔는데 신용카드를 요청했고 전혀 들어본 적 없는 단어로 얘기했다. 예상하지 못한 대화로 인해 침착할 수 없었고, 머리는 백지 상태가 되었다. 직원들이 친절하게 이야기해주었지만 당황한 나는 어떤 말도 들리지 않았다. 엄마는 남동생에게 연락을 해보라고 했고, 급한 마음에 남동생에게 보이스 톡으로 통화를 했다. 고맙게도 남동생이 바로 전화를 받아주어서 의사소통은 원활히 진행되었고 무사히 체크인이 끝났다. 지금 생각해 보면 입국심사서라는 단어를 알아듣지 못하는 내게 서류를 보여주었지만 당황해서 알아채지 못했던 것이다. 보증금이라는 단어를 알아들었지만 신용카드와 보증금을 연동시킬 정신이 없었다. 침착하게 혼자서 충분히 해결할 수도 있었을 텐데, 영어를 못한다는 걱정 때문에 당황해 제대로 일을 처리하지 못한 것이다.

실수는 한 번으로 끝나지 않았다. 치앙마이의 사원인 도이스텝 일일투어 때 두 번째 시련이 찾아왔다. 바쁜 일정을 모두 마치고 저녁 야경을 보기 위해서 서둘러 나가면서 가방이 바뀌었다. 미처 돈을 챙기지 못한 것이다. 그나마 다행스럽게도 이번 투어에만 한국인 관광객이 있었다. 돈을 빌려 달라고 말할 수 있었지만, 소심한 성격 탓에 처음 보는 사람에게 돈을 빌리는 일은 쉽지 않았다. 거절당할까 봐 말을 꺼내기가 힘들었다. 차량으로 이동하는 동안 여러 생각이 동시에 들었다. 누구에게 돈을 빌려달라고 해야 할지, 아니면 일일투어를 포기해야 할지, 수천 가지 생각이 머리에 맴돌았다. 가이드에게서 승강기 비용을 추가로 내야 한다는 말을 들은 순간 더 이상 지체할 수 없었다. 옆에 있는 한국인에게 사정을 설명하고 돈을 빌려주기를 요청하였다. 생각보다 흔쾌히 돈을 빌려주어 감사하다는 마음을 전했던 기억이 난다.

돈을 빌려달라는 이야기를 꺼내기까지 수많은 걱정과 고민이 있었는데, 말을 꺼낸 순간 한 가지로 압축되면서 문제는 저절로 풀렸다.

8박 9일의 여행 일정 동안 엄마와 나는 즐거웠다. 여행 전의 고민에 비해 큰일도 발생하지 않았다. 호텔리어의 말을 알아듣지 못했을 때는 남동생이 도와주었고, 돈을 가져오지 않았을 때는 한국인 관광객의 도움을 받았다. 어려움은 있었지만 도움받을 수 있는 사람이 항상 있었다.

"너무 걱정하지 마! 걱정한다고 달라지는 건 없어. 문제가 생기면 그 때 가서 해결하면 되니까"

여행을 준비하는 동안 걱정하는 내게 엄마가 들려주신 말이다. 그때는 걱정 때문에 저 말이 제대로 들리지 않았다. 여행을 마치고 한국으로 돌아오는 비행기에서 엄마가 왜 그 말을 해주셨는지 알게 되었다. 영어실력이 부족하다는 걱정으로 해결되는 것은 없었다. 오히려 걱정했던 것보다 쉽게 해결되기도 했다. 너무 걱정하지 말고 문제가 생기면 그때 해결하면 된다는 마음으로 여유를 지니는 태도가 필요한 것 같다.

나는 이렇게
책을 쓰게 되었다

박성식

소설책 한 권 써보기가 꿈인 21년 차 직장인.
다른 사람의 시선에 갇히지 않고
당당하게 내가 원하는 삶을 하나씩 만들어가고 싶다.
화려하진 않지만
자연의 이치를 품고 살아가는 '아름다운 들풀'같은 삶을 꿈꾼다.

프롤로그

행복은 비교하지 않는 마음에서부터 깃든다
들풀과 화초
마음씨 좋은 사람이 일등 한다
책을 읽자
하고 싶은 것 하고 살자
첫 해외여행
처음 가본 선상 낚시
나는 자연인이 되고 싶다

프롤로그

2017년 봄, 소설 쓰기에 도전했다. 이전 직장에서 글쓰기와 관련된 동호회 활동도 하고 개인적으로 공부도 조금 했었기에 용기를 내보았다. 준비 작업으로 소설 쓰기와 관련된 책을 여러 권 읽었다. 여름휴가 때는 혼자 1박 2일 동안 평소 존경하던 이외수 작가님이 운영하는 이외수 문학관을 다녀오기도 했다. 하지만 이렇게 도전한 소설 쓰기는 넉 달을 넘기지 못했다. 무경험자가 어떤 도움도 없이 퇴근 후 짬을 내어 소설을 쓴다는 것은 쉬운 일이 아니었다. 수필과 같이 내 생각을 글로 옮기는 것과 달리 가상의 인물들을 설정하고 그들이 만들어내는 허구의 삶을 풀어내는 것은 차원이 달라도 너무 달랐다. 무모한 도전이었다. 내 소원 중 하나인 책 쓰기는 다음을 기약하며 잠시 묻어두었다.

2018년 연말, '내년에는 무엇을 해볼까'라는 생각으로 하루하루를 보내던 어느 날, 능력 밖이라는 생각으로 포기했던 책 쓰기에 다시 도전하고 싶다는 생각이 올라왔다. 이번에는 수필에 도전하기로 했다. 소설은 능력 밖이지만 수필은 노력만 한다면 가능하지 않을까 생각했다. 글을 쓰는 것과 책을 내는 것은 차원이 다르다는 것을 알고 있었기에 도움받을 곳을 찾아야 했다. 인터넷을 검색했다.

얼마 지나지 않아 내가 살고 있는 대구에서 나와 비슷한 생각을 가진 사람을 찾는다는 블로그를 발견했다.

윤슬 작가님이 운영하는 블로그였다. 2019년 작가님의 도움으로 나는 책 쓰기에 입문하게 되었다. 무엇보다 나와 비슷한 생각을 가진 사람들과 함께여서 조금은 덜 힘들 것 같았다.

나는 직장에서나 가정에서 힘든 일에 부딪힐 때면 마음에 평온을 가져다주는 책을 찾아 읽는다. 유튜브를 검색해 인생 선배님들의 조언을 듣기도 하는데 주로 행복한 삶을 위해 가져야 할 마음가짐에 대한 것들이다. 그것을 바탕으로 기억에 남는 몇 가지 소재를 가져와 나의 경험과 생각을 가미하여 글을 써보았다.

아직 부족한 내가 이 세상에 수많은 훌륭한 분들이 남겨 놓은 좋은 글을 흉내 내는 것 같아 부끄러운 마음이 든다. 하지만 이런저런 이유를 모두 생각하다 보면 아무것도 적을 수 없을 것 같았다.

그래서 용기를 냈다.

이번 도전이 성공으로 끝나고 나면 언제가 될지 장담할 수는 없지만 나만의 책도 한 번 내어 볼 생각이다.

행복은 비교하지 않는 마음에서부터 깃든다

너무 오래전 일이라 언제인지 정확하게 떠오르진 않지만 '산은 산이요, 물은 물이로다'라는 성철 스님의 말이 유행했던 때가 있었다. 특별히 어려울 것 없는 당연한 말이지만 당시 나는 그 말 안에 내가 모르는 심오한 뜻이 들어있을 거라고 짐작했었다. 그러나 그 짐작은 정답으로 발전하지 못한 채 시간의 흐름과 함께 무의식 속으로 가라앉고 말았다.

얼마 전 안방 침대에 누워 스마트폰으로 즉문즉설로 유명한 법륜스님의 강연을 보고 있는데 스님께서 '산은 산이요, 물은 물이로다'라는 말을 꺼내셨다. 처음 그 말을 들은 때로부터 20년도 더 지난 시점이었지만 어제 들은 얘기처럼 가깝게 느껴졌다. 예전에 알아내지 못한 숨은 뜻을 알게 될지도 모른다는 기대감으로 눈과 귀를 스마트폰에 집중시켰다.

나는 유튜브로 법륜스님의 즉문즉설 강연을 자주 본다. 2016년도에는 상주시 문화회관에 찾아가 스님의 강연을 직접 들은 적도 있다. 대구에 있는 집을 떠나 경북 상주에서 직장 생활할 때였다. 그 인연으로 세상사에 고민이 생길 때면 수시로 스님의 강연 영상을 찾아본다. 스님이지만 유머와 위트로 재미있게 세상 사람들의 고민을 해결해 주는 모습이 좋았다.

침대에 누워 본 영상의 주요 내용은 비교하는 마음 때문에 괴로워하는 중년 여성의 고민을 듣고 답을 해주는 것이었다. 스님께서는 사람이 살아가면서 남들과 비교하는 것은 사람의 본성이라서 굳이 힘들게 고칠 필요까지는 없다고 말씀하셨다. 하지만 그 정도가 너무 지나치다면 마음을 좀 다스리는 노력이 필요하다면서 방법을 설명하고 계셨다. 그 설명 과정에서 나온 말이 바로 '산은 산이요, 물은 물이로다'였다. 그때 순간 그 말의 숨은 뜻이 무엇인지 조금 이해할 수 있었다. 내 수준에서 이해한 것이어서 스님의 참뜻과는 다를 수도 있었지만, 나는 정답을 찾은 것처럼 기뻤다. 거실로 뛰쳐나가 TV를 보고 있는 아내에게 물었다.

"산은 산이요, 물은 물이로다의 뜻이 뭔지 알고 있나?"
아내가 황당한 표정으로 나무랐다.
"그것도 모르나? 그 말이 그 말이지."
의심이 들어서 다시 한번 물었다.
"그 숨은 뜻이 무엇인지 아느냐고?"
"산은 산이고 물은 물이지. 더 무슨 설명이 필요하노?"
돌아온 대답은 크게 다르지 않았다. 더 묻고 싶었지만 잘난 척한다는 핀잔을 들을까 봐 그냥 넘어가기로 했다.
스님은 강연장 주위에 있는 물건으로 쉽게 설명해 주었다.
양손에 물병과 컵을 들고 질문자에게 어느 것이 더 큰지 물었다.
"물병이 더 커요."
스님이 다시 물병과 그 아래를 받치고 있는 탁자를 가리키며 어느 것이 더 큰지 물었다.
"탁자가 더 커요."
다시 질문을 던졌다.
"그럼 물병은 크다고 해야 하나, 작다고 해야 하나?"
질문자는 한참을 고민하더니 답을 내놓지 못했다. 물병은 컵보다는 크고 탁자보다는 작기에 어떻게 답을 해야 할지 선뜻 생각이 나지 않은 모양이다.

답은 물병은 크지도 작지도 않은 물병 그 자체이다. 크기는 그대로인데 사람 마음속에 존재하는 비교의식이 그때그때 상황에 따라 다르게 보게 만든다. 비교하는 마음을 걷어내고 보아야 제대로 볼 수 있다. 사람이나 사물은 있는 그대로 보아야지 비교해서 보면 제대로 보지 못한다. 또한, 비교의식은 사람들의 마음을 불편하게 만드는 주된 원인이기도 하다. 별문제 없이 잘 살다가도 주위 친구나 직장동료가 나보다 더 잘 살고, 더 잘나가고 있는 생각이 들면 괜히 기분이 나빠진다.

20년 전쯤 포항에서 직장 생활을 할 때였다.
나는 3층 주택 옥탑방에서 월세를 주며 지냈다. 처음 가져보는 혼자만의 공간에 만족하며 잘 살고 있었다. 당시 인근에서 나처럼 월세방에서 생활하던 직장 동기가 있었는데, 어느 날 아파트로 이사를 했다. 부모님의 도움으로 장만했다고 들었다. 그 아파트 집들이에 다녀온 날 밤, 이전까지 만족하며 지내온 내 옥탑방이 너무 초라하다는 생각이 들었고 기분까지 초라해졌다. 이렇듯 별문제 없이 지내고 있다가도 주위 사람들과 비교하다 보면 마음이 불편해지는 것은 어쩔 수 없는 일인 것 같다.

사실 다른 사람과 비교하지 않고 살아가는 것은 불가능하다. 그렇더라도 남들과 비교하여 열등한 마음을 가지고 괴로워하는 것은 어리석은 행동이다. 개개인에게는 남들과 비교할 수 없는 타고난 재능이 각자 따로 있다. 앞서 얘기했지만 '산은 산이고, 물은 물이다'인 것이다. 나는 '나'이고 타인은 '타인'일뿐이다. 나보다 더 좋은 집에 살고 있고, 더 높은 자리에 있다고 해서 더 행복하다고 장담할 수 없다. 어느 누구와도 비교될 수 없는, 이 세상에 단 하나뿐인 나를 사랑하고 자랑스럽게 여기며 당당하게 살아갈 필요가 있다.

들풀과 화초

남 앞에서 어떤 행동을 하거나 말을 할 때 눈치를 보는 경우가 있다. 왜 눈치를 보게 되는 걸까? 무엇보다 다른 사람에게 잘 보이고 싶다거나 착하다는 소리를 듣고 싶은 이유가 큰 것 같다. 하지만 자꾸 눈치를 살피다 보면 자신도 모르게 위축되고 표정에 자신감이 없어진다. 그렇다면 이렇게 타인의 눈치를 살피지 않고 마음 편하게 생활하려면 어떤 마음가짐을 가지면 좋을까?

'나는 한 포기의 풀이다'라는 마음가짐으로 살아가면 좋을 것 같다. 바람에 실려 간 풀 씨앗은 정처 없이 떠다니다가 어떤 자리도 마다하지 않고 내려앉아 뿌리를 내린다. 주위 환경이나 날씨를 탓하지 않고 그에 맞춰 살아간다. 주위의 다른 풀보다 더 예쁘게 보이려고도 하지 않는다. 다만 가뭄에 대비해 뿌리를 넓고 깊게 퍼뜨리고 자기가 감당할 만큼의 줄기를 키운다. 오래도록 비가 내리지 않는 가뭄이나 거센 태풍에도, 누군가에게 밟혀도, 동물들에게 잎이나 줄기가 뜯겨나가도 원망하지 않고 그냥 꿋꿋이 살아간다.

무한 경쟁이 일반화된 현대 사회에서 풀과 같은 자세로 살아간다는 것은 쉬운 일이 아니다. 좋은 학교나 직장에 들어가기 위해서는 '있는 그대로의 자신'이 아닌 '화려하게 포장한 자신'을 보여주어야 한다. 사회에서 높은 자리에 올라서려면 누군가의 인정이 필요하기에 그에 맞춰 자신을 다듬어야 한다.

들판의 풀이 아닌 온실의 화초와 같은 삶이 될 수밖에 없는 상황이 벌어지고 있다. 온실의 화초는 잘 팔려나가기 위해 자신의 유전자대로 살지 못하고 매 순간 다듬어진다. 튀어나온 줄기와 예쁘게 자라지 못한 줄기는 주인의 손에서 잘려나간다. 그렇게 다듬어진 대가로 화려함을 얻는다.

대부분의 사람들은 야생화보다는 잘 가꾸어진 화초를 더 좋아하는 것 같다. 사람도 들풀보다는 화초와 같은 스타일을 더 좋아하는 것 같다. 직장에서만 보더라도 들풀처럼 개성 강한 사람보다는 화초처럼 잘 다듬어진 사람을 선호한다. 이들은 승진도 훨씬 빠르다. 물론 단 한 가지 이유에서만은 아니겠지만, 자기 눈에 더 예뻐 보이고 좋아 보이는 사람을 챙겨주고 싶은 마음은 인지상정(人之常情)일 것이다. 하지만 사회나 조직이 한발 더 나아가기 위해서는 인지상정(人之常情)을 넘어서야 한다. 사람이나 사물을 바라보는 마음의 눈을 키워야 한다.

이외수 작가님의 「글쓰기의 공중부양」에는 사안론(四眼論)이 나온다. 사안론은 아름다움을 보는 네 가지의 눈을 말하는데, 육안(肉眼), 뇌안(腦眼), 심안(心眼), 영안(靈眼)을 의미한다. 작가님은 '사과'를 가지고 사안론(四眼論)을 설명한다.

육안을 가진 사람은 그것이 둥글다는 사실과 빨간색이거나 초록색이라는 사실만 알고 있을 뿐이다. 뇌안을 가진 사람은 사과를 보고 비타민C와 만유인력의 법칙을 떠올리고 심안을 가진 사람은 사과를 보고 아름다움을 느낀다고 한다. 한 알의 사과 속에서 시를 끄집어내거나 음악을 끄집어내는 것이다. 영안을 가진 사람은 한 알의 사과 속에 우주의 본성이 들어있음을 알고, 신의 본질과 우주의 본질, 나의 본질이 각기 다르지 않음을 깨닫는다고 한다. 그래서 영안을 가진 자는 온 세상에 하찮은 것은 아무것도 없으며 만물이 진실로 가치 있고 아름답다는 사실을 절감한 다고 했다. 단순히 사물의 겉만 보고 판단하는 그런 수준의 눈이 아닌 그 본질을 꿰뚫어 볼 수 있는 영안을 가지기 위해 노력할 필요가 있다.

주위를 둘러보면 야생의 풀처럼 거친 인생을 살아가고 있는 분도 있고 화초처럼 잘 다듬어진 삶을 살아가는 분도 있다. '어떻게 사는 것이 더 좋다'라고 말하려는 것은 절대 아니다. 삶이란 각자의 선택대로 살아가면 되는 것이다. 나는 얼마 전까지만 해도 온실의 화초와 같은 삶을 살았다. 어릴 적에는 부모님과 선생님의 말씀을 잘 따르는 모범생이었다. 사회에 나와 직장 생활을 할 때는 내 생각은 접어두고 상사의 지시를 잘 따르는 성실한 직장인의 모습을 보여주기 위해 노력했다. 직장에서 말이나 행동을 할 때면 다른 사람의 눈에 비치는 내 모습이 어떠할까를 고민했다. 누가 시키지도 않았는데 자기 검열을 한 것이다. 나의 본성과 맞지 않은 행동이었지만 모두 그렇게 살고 있는데 나라고 뭐 특별할 것이 있나 싶었다. 그렇게 살아왔다.

하지만 책을 읽고 글 쓰는 연습을 하면서부터 생각이 조금씩 변하기 시작했다. 내 생각을 글로 표현하고, 글을 들여다보니, 나는 누구보다 들판의 풀과 같은 자유로운 인생을 동경하고 있었다. 그래서 남들로부터 인정받기 위해 노력하지 않고 내가 원하는 대로 살기 위해 애쓰기로 마음 먹었다. 이렇게 하는 것이 내가 내 인생에 주는 가장 큰 선물이라는 생각이 들었다. 한 번뿐인 내 인생을 다른 사람의 시선에 갇혀 끌려다니게 하고 싶지 않다. 이런 마음을 가지게 되면서 일도 즐거워졌고 일상에서 받는 스트레스도 줄어들었다.

마음씨 좋은 사람이 일등 한다

여느 부부와 다름없이 우리 부부도 가끔 싸운다. 사소한 일로 시작된 말다툼이 자존심을 건드리게 되고 그러다 보면 분위기가 점점 심각해진다. 누구 하나 양보하면 적당한 선에서 마무리되지만 그렇게 하지 않고 끝까지 서로의 말이 옳다고 우기는 경우가 많다. '아무리 현명한 재판관도 집안 일만큼은 옳고 그름을 가릴 수 없다'라는 옛말도 있지만 나는 자꾸 내 말과 생각이 논리적으로 옳다고 주장하게 된다. 그 결과 얻는 것은 없고 상처만 남아 서먹서먹한 시간이 한동안 흐른다. 내 마음은 후회로 가득 찬다. 하지만 그 순간에는 마음의 통제가 잘 안된다. 부부 싸움은 이기는 것보다 지는 게 더 좋다는 것을 여러 차례 경험으로 터득했는데도 말이다. 얼마 전 책을 읽다가 우연히 나의 문제점을 알게 되었다. 책에는 이렇게 쓰여 있었다.

"가정은 잘잘못을 따지는 곳이 아니라 사랑하는 곳이다"

지금부터 집에서만이라도 누구의 말이 옳고, 그른지 논리적으로 따지는 것을 그만두기로 했다. 또한 아내를 이롭게 하는 것이 나를 이롭게 하는 일이라는 생각을 했다.

'남에게 베풀며 착하게 살면 복이 찾아온다'라는 말은 어려서부터 지금까지 수없이 많이 들었다. 모두 그렇다고 이야기하지만 실천하기란 쉽지 않다. 당장 이해득실을 따져 눈앞에 보이는 이익을 챙기고 싶은 마음이 더 크기 때문이다. 그렇지만 분명한 것은 세상에는 남을 위해 봉사하면서 살아가는 분들도 많다.

가끔 나도 직장에서 봉사활동을 나간다. 솔직히 흔쾌히 나간 경우보다는 의무감이나 다른 직원들 눈치가 보여 어쩔 수 없이 나가는 경우가 더 많았다. 하지만 봉사활동을 마치고 나면 가슴 한편이 뿌듯해지면서 내가 사회에 꼭 필요한 존재라는 느낌이 들었다. 이 두 마음 때문에 매번 봉사활동 참가자를 모집할 때마다 고민하게 된다.

리처드 도킨스(Richard Dawkins)가 쓴 「이기적 유전자」라는 책에는 '이 세상의 모든 동물과 식물은 자기가 생존하는데 가장 유리한 방향으로 행동을 한다'라고 말한다. 한 생물의 종은 수만, 수십 년간 대를 이어오면서 생존과 관련된 여러 시행착오를 거치게 되는데, 이 시행착오 과정에서 그들에게 가장 유리한 생존방식을 유전자에 새겨 넣어 대물림한다는 것이다. 가장 유리한 생존방식이 무리 내에서 서로 협력하는 것이라고 소개하면서 그와 관련하여 여러 동물을 소개하는데 그중 흡혈박쥐 사례를 가져와 본다.

흡혈박쥐는 밤에 사냥을 나가 먹잇감을 발견하면 배가 차서 더 이상 들어갈 수 없을 때까지 실컷 먹는다. 실컷 먹고 돌아온 박쥐는 먹이를 구하지 못하고 돌아온 박쥐에게 먹은 피를 토해 나눠준다. 비록 오늘 실컷 먹었더라도 다음날 먹이를 구한다는 보장이 없다는 것을 터득했기에 박쥐는 생존을 위해 상부상조한다는 것이다. 박쥐들도 처음부터 이와 같은 나눔의 행동을 하지 않았을 것이다. 기나긴 진화의 과정에서 그들에게 가장 적합한 생존방식을 터득했는데, 그것이 앞서 얘기 한 대로 상부상조인 것이다.

인간도 위에서 언급한 박쥐와 크게 다르지 않다고 생각한다.

인류 초기부터 멀지 않은 20세기 중반까지 역사의 큰 흐름을 보면 힘이 센 자가 약한 자를 상대로 약탈하는 시대였다고 볼 수 있다. 그렇지만 현재의 인류는 어느 정도 협력하면서 살아가고 있다. 물론 자세히 살펴보면 그 반대의 경우도 보이지만 인류 초기의 상황과 비교해보면 엄청난 발전을 이루었다. 이 발전 또한 수많은 전쟁이나 식민지 지배와 같은 시행착오를 거치면서 터득한 것으로 볼 수 있다.

앞서 밝힌 「이기적 유전자」라는 책에서 인용한 부분의 소제목이 〈마음씨 좋은 놈이 일등 한다〉였다. 바꾸어 말해 마음씨 좋은 동물 개체가 기나긴 약육강식의 치열한 생존경쟁 속에서 살아남았다는 것이다. 개개인이 주위 사람에게 미친 영향은 돌고 돌아 자신에게 되돌아온다. 그래서 남을 배려하고 이롭게 행동하는 것이 중요하다. 부정적으로 행동하면 부정적으로 돌아오고, 긍정적으로 행동하면 긍정적으로 돌아온다. 서로 상부상조한다는 마음으로 배려하면서 살아가는 것이 중요하다.

가끔은 나빴고 거의가 좋았다

책을 읽자

프랑스 국민은 책을 많이 읽는 것으로 유명하다. 학교에서 독서와 관련된 수업 비중이 높고 책을 많이 읽지 않은 학생은 대학교에 입학할 수 없을 정도라고 한다. 여름휴가에도 평균 2~3권의 책을 읽으며 크리스마스 선물 목록에서 책이 빠지지 않는다고 한다. 또한, 프랑스인들은 적게 일하고 많은 여가를 누리는 것으로도 유명하다. 2017년도 프랑스 파리 노동자들의 주 평균 노동시간은 채 31시간이 되지 않는다고 한다. 여름휴가를 짧게는 3주에서 길면 5주를 보내기도 한다. 프랑스가 세계 문화의 중심지라는 지위를 가지게 된 것이 바로 독서 때문이 아닐까라는 생각을 가져본다.

독서는 창조력을 키우는 데 도움을 준다.
이 세상에 존재하지 않는 새로운 제품을 만들거나 감탄을 자아내는 예술 작품을 만들기 위해서는 창조력이 필요하다. 창조력은 상상력의 기반으로 만들어지는데 이를 키우는데 독서만큼 좋은 것이 없다. 독서를 하면 뇌세포 하나하나가 활성화되고 그 안이 지식으로 채워진다. 또 읽는 과정에서 자연히 생각이 확장하게 된다. 이렇게 다듬어진 뇌가 여가생활로 담금질을 하게 되면 다양한 생각으로 이어지면서 큰 능력을 발휘한다. 창조력은 하루아침에 만들어지지 않는다. 운동선수가 세계대회에서 우수한 성적을 내기 위해서는 어려서부터 꾸준한 연습으로 필요한 근육을 발달시켜야 하는 것과 다르지 않다. 특별한 능력을 발휘하고 싶다면 어려서부터 꾸준히 독서를 하여 생각하는 근육을 발달시키는 것이 중요하다.

독서는 복잡 다변화된 사회에서 균형 잡힌 시각을 가지도록 도와준다. 사람들은 살아오면서 자연스럽게 만들어진 자기만의 인생관이나 세상을 바라보는 눈이 있다. 이 모든 인생관이나 세상을 바라보는 눈은 다른 사람들에게 피해를 주지 않는 이상 마땅히 존중되어야 한다. 하지만 어느 사회에서든 존중받지 못하는 극단적인 생각을 하는 사람들이 있기 마련이고 이들로 인한 문제가 종종 발생된다. 그러므로 균형 잡힌 생각이나 행동을 하기 위해 다방면의 책을 읽어보는 것이 좋다. 여러 사람이 쓴 책을 접하다 보면 사물이나 사회현상을 바라보는 눈이 밝아진다. 그러면 문제의 본질을 제대로 꿰뚫어 보는 능력이 생기면서 생각이 한쪽으로 치우치지 않게 된다.

독서는 자기 삶을 되돌아보게 해준다.
인도 출신 유명 작가이자 의학박사인 디팩 초프라(Deepak Chopra)는 '책이 사람을 변화시키는 위력을 발휘하는 이유는 멈춰 서서 돌아볼 기회를 주기 때문이다'라고 했다. 바둑의 고수들은 바둑을 둘 때 수시로 승패의 유불리를 따지는 형세판단을 한다. 형세판단을 하여 집이 부족하다고 생각되면 무리를 하더라도 공격적인 수를 두고, 유리하다고 판단되면 집을 지키는 안정적인 수를 둔다. 인생도 다르지 않다. 수시로 멈춰 서서 자기 인생이 어디로 가고 있는지, 어디쯤 와 있는지 형세판단을 해야 한다. 인생을 되돌아보고 수정·보완하면서 보다 나은 삶을 꾸려나가려고 할 때, 독서는 진정한 친구의 역할을 하게 된다.

멈춰 서서 돌아보기를 하지 못해 불행해진 사람 중에 프랑스의 나폴레옹과 마케도니아의 알렉산드로스 대왕이 있다.

이 둘은 우리가 그토록 부러워하는 돈, 권력, 명예를 한때 모두 가졌지만 오래 지키지 못하고 불행하게 생을 마감했다. 프랑스의 황제가 된 나폴레옹은 유럽 정복의 대업을 이루기 위해 무리한 전투를 벌이다가 패배를 한 후 섬에서의 유배 생활로 생을 마감했고, 알렉산드로스는 세계정복의 꿈을 이루기 위해 전쟁터에서 청춘을 바치다 33세의 젊은 나이에 사망했다. 이들이 전성기 시절 이룬 업적은 이 세상 누구도 따라갈 수 없을 만큼 컸다. 만약 두 위인이 고비마다 멈춰 서서 돌아볼 시간을 가졌다면 지금과는 다른 결말을 만들지 않았을까라는 생각을 해본다.

하고 싶은 것 하고 살자

지금으로부터 6년 선의 일이다. 수입차를 너무 타보고 싶었다. 결혼하자마자 장만한 SM5 차량이 10년이 되는 해였다. 10년이면 강산도 변한다는데, 내 차는 고장이 나지 않았다. 내구성이 좋아 고장 나지 않는다고 자랑했었지만 시간이 흐르면서 그 부분이 마음에 들지 않게 되었다. 너무 오래 타서 지겨워졌다. 어디 고장이라도 나면 아내에게 이만큼 부풀려서 차를 바꿔야 하는 이유를 100가지나 댈 수 있을 정도였다.

당시 아파트 담보 대출금도 수천만 원이나 남아있는 상황이어서 멀쩡한 차를 놔두고 비싼 수입차를 새로 사겠다는 말을 꺼낼 수 있는 분위기가 아니었다. 그래서 일단 차를 바꿀 기회가 오길 기다리면서 차에 관한 정보를 수집했다. 인터넷을 검색하여 디자인, 연비, 내구성, 주행성능, 차량 유지비 등 온갖 정보를 머릿속으로 집어넣었다. 6개월 정도 머리에 정보를 집어넣어 정리를 해보니 마음에 드는 차가 어떤 것인지 정할 수 있었다. 내가 정한 차량은 내구성과 승차감이 좋으면서 주행능력이 뛰어난 렉서스 GS250 모델이었다.

당시 나는 사회복지사 자격증을 따기 위해 어느 대학의 평생교육원을 다니고 있었다. 직장에서 사회복지사 자격증 따는 것이 유행인 시절이었다. 간절히 바라던 나의 소원을 하늘이 들어주었는지, 수업을 떠나 평생교육원의 어느 강사님의 이야기 덕에 나는 차를 바꿀 수 있었다.
'사람은 배워야 한다'라는 옛말을 뼈저리게 느끼는 순간이었다.

강사님은 나보다 5살 더 많은 고향이 경북 영천인 여성분이었다. 남편의 돈벌이가 시원찮아서 자녀 둘을 어느 정도 키워놓고 직업전선에 뛰어들었다고 했다. 강사님은 어릴 때 좁은 시골집에서 여섯 형제와 함께 한방에서 복잡하게 자랐다고 했다. 책 읽는 것을 좋아했는데 형제들이 너무 많아 방 안에서 책을 볼 수가 없었다고 한다. 그것이 싫어서 본인은 나중에 어른이 되면 넓은 집에 서재를 갖추어 놓고 사는 게 꿈이었다고 했다. 결혼하고 나서도 그 꿈은 오랫동안 이루어지지 않았다고 했다. 단독주택 2층에 신혼 살림집을 전세로 마련하고 그 이후로 여러 차례 전셋집을 옮겨 다닌 탓이다. 그러다가 얼마 전 경북 영천시의 60평형대 아파트로 이사 갔다고 했다. 햇빛 잘 들어오는 제일 좋은 방을 골라 서재를 만들었는데 그 서재에 들어가면 너무 행복해서 미칠 것 같다며 미소를 보였다.

얼마 안 되는 강사 수입이지만 자기 꿈을 이루기 위해 무리한 은행 대출을 통해 장만했다고 했다. 그 대출금에 들어가는 이자는 수입에 비해 많이 부담스럽지만 꿈을 이룬 행복이 더 크다고 했다. 그러면서 학생들에게 한마디 더 건넸다.
"하고 싶은 것이 있으면 이 사회가 일방적으로 만들어 놓은 기준을 따르지 말고 하고 싶은 것 하면서 사세요"
그 말은 태풍이 지나간 후 흐트러진 구름 사이로 내려오는 햇살처럼 나에게 희망으로 다가왔다. 바로 이거다. 내가 아내에게 들려줄 천금 같은 말이었다. 운전하면서 집으로 돌아오는 내내 그 말을 되새겼다.

집에 와서 아내에게 강사님이 60평형대 아파트를 장만한 이야기를 빠짐없이 전했다. 이야기를 모두 옮기고 나서 내 생각도 보탰다.
"죽기 전에 제일 후회하는 것 중 하나가 하고 싶은 거 나중에 형편 되면 하려고 미뤄놨다가 해보지도 못하고 죽는 거란다"

그리고 바로 한마디 덧붙였다.

"강사님은 나보다 수입도 적은 것 같은데 우리 집보다 2배나 큰 아파트를 장만했데. 나는 집에는 별 관심도 없고 소원이 수입차 한번 타보는 건데 사도 되겠나?"

당연히 '이 사람이 수입차 같은 소리 하고 자빠졌네'라고 얘기할 줄 알았다. 하지만 예상은 빗나갔다.

"사라!"

나는 당황하면서도 말이 길어지면 다른 말이 나올까 봐 얼른 대화를 마무리했다. 다음 날 직장에 오후 휴가를 내고 자동차 매매상사로 가서 바로 구매계약을 했다. 아내도 차가 마음에 들었는지 별말이 없었다. 시간이 흐르고 아내에게 "사라"라고 말한 진짜 속뜻을 물어보는데 아내는 이렇게 생각했다고 한다.

"자기도 생각이 있으면 안 사겠지? 집 대출금도 많이 남아있는데, 설마 사겠나?"

지금까지 그 차를 만족하면서 잘 타고 있다. 만족감보다 더 중요한 것은 내가 원하는 것을 했다는 것이다. 만약 그때 수입차를 사지 못했더라면 나는 지금도 수입차를 검색하고 있을지도 모른다. 무리가 되더라도 원하는 것을 이루고 나니 그다음 목표를 향해 나아 갈 수 있었다. 원하는 것은 사람마다 다르다. 취미 활동이 될 수도 있고 여행이 될 수도 있다. 용기 내어 하나씩 하나씩 이루어 보자. 나중에 '한번 해보았으면 좋았을걸'이라고 후회하지 않고 싶다면 말이다.

첫 해외여행

매년 수백만 명이 해외로 나가는 시대가 열렸지만 우리 가족은 2015년까지 그 일행에 끼지 못했다. 2003년 5월 결혼을 하여 신혼여행으로 국제선을 타볼 기회가 왔었는데 '사스'라는 전염병이 전 세계를 점령하는 바람에 기회는 무산되었다. 아쉽게도 몰디브로 예정된 신혼여행지를 제주도로 바꿨다. 결혼 후 아이가 태어나고 이런저런 이유로 해외여행과는 거리가 멀어졌다. 2015년 초 아내가 애도 좀 컸고 이제 우리도 해외여행 한 번 가자고 했다. 직장에서 휴가 내기가 눈치 보이는 시기였고 경제적으로도 여유는 없었지만 큰마음 먹고 동의했다.

어디로 가야 할지부터 결정해야 했다. 나는 "어디든 좋다"라고 했고, 아내는 많은 여성들이 가고 싶어 하는 프랑스를 가고 싶다고 했다. 공평하게 당시 초등학교 3학년인 외동딸에게도 기회를 주었다. 딸은 이탈리아를 가고 싶어 했다.
이유를 물어보니 지금은 멸망하고 없는 도시인 폼페이와 이를 멸망으로 이끈 베수비오 화산이 보고 싶다고 했다. 당시 딸은 Why라는 학습만화에 푹 빠져 있었는데 그 책에 나온 내용을 보고 호기심이 생긴 모양이었다. 아내가 양보하면서 첫 해외여행지는 이탈리아로 정해졌다.

아내는 패키지여행보다는 조금 비싸더라도 개인 가이드가 안내해주는 여행이 더 알차다면서 '유로자전거나라'라는 여행사를 선택했다. 그렇게 해서 2015년 5월, 7박 8일의 일정으로 첫 해외여행이 최종 결정되었다.

하지만 이 여행에는 한 가지의 난관이 있었다. 경험도 없는 우리가 이탈리아의 레오나르도 다빈치 공항까지 알아서 가야만 했다. 설상가상으로 다빈치 공항까지 바로 가는 비행기가 없어 독일 뮌헨 공항을 경유해야 했다. 우려한 대로 인천공항에서 문제가 발생했다. 공항 여기저기를 구경하다 제시간에 비행기에 오르지 못하는 사태가 벌어졌다. 공항 보안검색대를 통과하는데 예상보다 많은 시간이 걸렸기 때문이다.

그렇게 많은 시간이 소요되는지 몰랐다. 우리는 전력으로 달려 독일 뮌헨 행 비행기에 겨우 올라탔다. 독일인 스튜어디스는 숨이 가빠 얼굴이 빨개진 아내의 얼굴을 보며 무슨 건강상의 문제가 발생했는지를 체크하기 위해서 계속 영어로 질문을 던졌다. 영어 실력 부족으로 말로는 대답하지 못하고 몸짓으로 달리기 자세를 취했고, 이 몸짓을 이해한 스튜어디스가 이상 없다는 신호를 보내 제시간보다 조금 늦었지만 비행기는 이륙할 수 있었다. 뮌헨 공항에 내려서 레오나르도 다빈치 공항으로 가는 비행기로 갈아타는 데는 공항의 안내 시스템이 잘 되어있어 큰 어려움이 없었다.

레오나르도 다빈치 공항에서의 첫 느낌은 예상과 너무 달랐다. 너무 초라하고 지저분해 보였다. 이 첫 느낌이 나의 무지에서 비롯되었다는 것을 공항에서 로마 시내로 들어가면서 알게 되었다. 차창 밖에 펼쳐진 세상은 현대식 건물은 보이지 않는, 수백 년 전 세워진 고대 도시의 모습이었다. 그렇게 7박 8일 동안의 고대 도시로의 여행이 시작되었다.

먼저 로마의 심장 테르미니(Termini)역 근처 호텔에 짐을 풀고 교황이 거처하는 바티칸시국으로 갔다. 들어가는 입구는 각국의 관광객들로 빈틈이 안 보였다.

100년 넘게 지어서 완성한 베드로 성당, 미켈란젤로가 그린 시스티나 예배당의 천장화(우리가 천지창조로 알고 있는 그림), 라파엘로가 그린 아테네학당 같은 책에서만 보아왔던 건물과 그림을 보고 있으니 입이 다물어지지 않았다.

다음날에는 지하철을 타고 2천 년 전 검투사들의 싸움을 구경하기 위해 지어진 콜로세움으로 갔다. 최대 수용인원이 7만 명으로 규모가 어마어마했다. 우리나라 잠실 야구 경기장의 수용인원과 비슷하다고 가이드가 설명해 주었다. 주변의 자연경관을 압도하는 건축물이었다. 로마제국의 거대한 성당이나 건축물들을 보고 있으니 우리나라의 고대 사찰과 같은 건축물들은 크기가 너무 작아 초라하다는 생각마저 들었다. 그러나 한국으로 돌아와서 유홍준 작가님이 쓴 「나의 문화유산답사기」 라는 책을 우연히 읽었는데 내 생각이 잘못되었다는 것을 깨달았다. 우리나라의 유산에는 또 다른 가치가 있었다. 우리 조상들은 사찰, 정자, 서원, 석상 등을 만들 때 주변의 자연경관과 조화를 최우선으로 고려한다는 점이었다.

피렌체와 베네치아에는 한때 그들이 이 세상에서 가장 부유한 도시였다는 것을 증명하듯 황금으로 장식된 유명한 성당들이 자리 잡고 있었다. 성당의 규모에 놀라지 않을 수 없었고 아름다움에 반하지 않을 수 없었다. 이탈리아 사람들이 부러워지기까지 했다. 아름다운 자연 유산을 가까이서 볼 수 있는 즐거움을 누리면서 그로 인해 벌어들이는 수입만으로 어느 정도 먹고 살 수 있으니 말이다.

이탈리아 남부 여행은 내가 이용한 여행사 소속 전세버스를 이용한 단체 관광으로 진행했다. 위에서 이야기한 관광지는 지하철, 버스, 기차 등을 이용하여 어려움 없이 다닐 수 있는 곳이다. 하지만 이탈리아 남부는 외국인이 대중교통을 이용하여 관광하기에는 사실상 불가능하다. 가능은 하지만 시간이 너무 많이 걸린다.

차에 오르니 한국인 관광객들로 가득했다. 버스는 오전 7시 정각에 이탈리아 남부로 출발했다. 예약자 2명이 7시까지 오지 않았는데 그들에게 연락도 하지 않고 바로 출발했다. 우리나라였다면 아마 그들에게 따로 연락도 하고, 올 때까지 기다려 주었을 것이다. 그 둘에 대한 여행경비는 어떻게 처리되는지 궁금해서 물어보니 고객의 과실로 인한 것이기 때문에 돌려주지 않는다고 했다. 고객이 불만을 제기하여도 고객의 귀책사유로 인한 것이므로 단호하게 대처한다고 하였다. 나 역시 그렇게 하는 것이 약속을 지킨 다수의 사람들을 배려하는 것이 아닐까 하는 생각을 했다.

인솔자는 버스로 이동하는 동안 이탈리아에서 10년 넘게 생활하면서 느낀 것들을 풀어놓았다. 이탈리아인들은 자기감정을 솔직하게 잘 표현해서 서비스업에 종사하는 사람도 자기 기분에 따라 고객을 대한다고 했다. 처음에는 공공기관이나 은행을 방문해 일을 볼 때 한국보다 시간이 너무 많이 걸리고 친절하지도 않아 적응하는데 어려웠다고 했다. 하지만 오래 지내다 보니 그렇게 살아가는 것이 오히려 더 편하다고 했다. 서로가 상대방의 감정을 인정해주고 이해해 주면서 살아가니 서로 눈치 보지 않고 편하다고 했다. 그렇다고 해서 호텔이나 식당의 직원들이 불친절한 것은 아니었다. 우리나라는 서비스업에 종사하는 노동자에게 고객만족도라는 굴레를 씌워 지나치게 개인의 감정을 통제하는 게 아닐까라는 생각도 들었다.

이탈리아 남부에서는 그림엽서보다 실물의 자연경관이 더 예쁘게 보이는 휴양도시 소렌토와 아말피 해변 등을 구경했다. 아말피 해변 바다 건너편에는 피자로 유명한 나폴리가 있고 그 도시 뒤에는 폼페이를 멸망으로 이끈 베수비오산이 우뚝 서 있다. 폼페이와 베수비오산은 우리를 이탈리아로 이끈 매개체이다. 이에 대해서는 특별히 연구해서 글을 적었는데 다음 장에서 따로 소개하도록 하겠다.

내가 본 이탈리아는 아름다운 자연경관과 예술성이 느껴지는 고대 건축물로 가득 채워진 축복 받은 나라였다. 이곳저곳을 다니는데도 전혀 이질감이 느껴지지 않았고, 친근하게 보였다. 현대 기술로 지어진 화려한 도시가 아닌 친근한 돌과 흙으로 지어진 고대 도시여서 그랬던 것 같다. 시장이나 식당에서 만난 현지인들도 모두 따뜻한 사람들이었다. 꼭 다시 한번 가보고 싶다.

비운의 도시 폼페이

폼페이는 BC 7세기 말 로마인들이 이탈리아 남부 나폴리만 연안에 만든 계획도시이다. 폼페이 뒤로는 유럽 대륙 최고의 화산인 베수비오산이 우뚝 서있다. 도시가 세워지기 전 1,500년 동안 화산활동이 없어 로마인들은 이 산의 위험을 전혀 몰랐다고 한다. 당시 그들의 언어에는 화산을 지칭하는 단어조차 없었다. 이 산은 약 2천 년 주기로 폭발한다고 하는데 앞으로 약 60년 후가 돌아오는 2천 년 주기가 된다. 현재 과학자들은 화산폭발에 대비하고자 마그마의 활동을 계속 감시하고 있다.

폼페이는 로마 상류층이 생활하던 휴양도시이자 지중해 무역의 중심지였다. 무역을 위해 북아프리카, 중동, 북유럽에서 온 상인들도 함께 생활했다. 전성기 때의 인구는 약 2만 명 정도 되었다고 한다. 로마제국의 도시답게 도로, 중앙 광장, 공공 수도, 공중목욕탕, 공중화장실, 세탁소, 문화시설 (원형극장)이 짜임새 있게 잘 갖추어져 있다. 도시는 선거로 뽑힌 집정관이 통치했다. 집정관이 되면 로마제국의 중앙정치로 들어가는 기회가 주어져 선거운동은 아주 치열했다. 도시 곳곳 벽면에 남아있는 선거운동 내용들이 이를 잘 뒷받침해준다. 당시에는 현재와 달리 후보자가 향응과 금품을 제공하는 것이 기본이었다고 한다. 투표권은 로마 시민권을 가진 10세 이상 남자에게만 주어졌다.

폼페이의 도로는 인도와 마차가 다니는 길이 구분되어 있고 밤에도 마차가 다닐 수 있도록 야광석을 깔아 놓았다.

안타깝게도 현재 야광석은 전부 도난당해 찾아볼 수 없다. 차도 곳곳에는 징검다리 형태의 횡단보도가 설치되어 있다. 마차는 징검다리를 통과할 수 있도록 규격화되어 있었다. 도시 곳곳에는 공공 수도가 설치되어 있어 시민들은 언제 어디서나 물을 마음대로 사용할 수 있었다. 오늘날 상수도 배관 역할을 하는 수로 건설에는 천문학적인 비용이 들어갔다고 한다. 수로는 중력만을 이용해 수원지(水源池)의 물을 도시로 이동시킨다. 당시 만들어진 수로는 현재도 일부 사용되고 있다. 수로를 타고 온 물은 물탱크로 모이며 여기서 세 갈래로 내보낸다. 부자들의 저택, 공중목욕탕 그리고 공공 수도 순으로 내보낸다. 가뭄이 들어 물이 부족하면 제일 먼저 개인용 주택, 공중목욕탕 순으로 단수를 하였다.

폼페이 시민들은 지친 하루의 피로를 공중목욕탕에서 풀었다. 공중목욕탕은 로마 시민이면 누구나 갈 수 있었고 무료였다. 목욕탕은 단순히 몸만 씻는 곳이 아니라 식당, 휴게실, 체육관 등 각종 문화시설이 구비된 공공 문화시설이었다. 로마인들은 목욕탕을 이용하면서 로마 시민의 자긍심을 느꼈다. 공중목욕탕을 만들고 운영하는 데는 많은 비용이 들어갔다. 목욕탕 문화로 인해 "로마의 재정이 거덜 났다"라는 말이 나돌 정도였다.

당시 최고 구경거리는 원형극장에서 펼쳐지는 검투사들의 시합이었다. 검투사들은 건장한 노예나 전쟁 포로였다. 시합이 있는 날에는 폼페이 인근 도시 거주자들도 구경하러 왔다고 한다. 검투사들은 당시 최고 인기스타이었고 이들의 땀은 향수병에 담겨 비싼 가격에 팔렸다고 한다.

폼페이는 빈부격차가 심했다. 돈이 많은 부자들은 며칠씩 파티를 열어 먹고 놀면서 시간을 허비했다(당시 로마 상류층들이 그랬던 것처럼). 파티에서는 음식을 다 먹지 않고 바닥에 버리는 것이 유행이었다. 그뿐 아니라 배가 불러 더 이상 음식이 들어가지 않으면 준비해 놓은 깃털을 목구멍에 넣어 토해내고 또 먹었다. 부자들은 점점 더 깊은 쾌락을 탐닉하였고 이를 못마땅하게 여긴 가난한 자들의 불만은 쌓여만 갔다. 그래도 로마제국의 도시에는 빵을 무료로 나눠주는 정책이 있어 최소한 굶어 죽는 사람은 없었다고 한다. 이렇게 향락에 빠져 살던 도시에 갑자기 신의 저주가 내려진다.

서기 79년 8월 24일 아침, 베수비오산이 꿈틀대기 시작했다. 오후 1시가 되자 베수비오산은 천둥소리와 함께 화산가스를 하늘 위 30km까지 뿜어냈다. 폼페이 주민들은 겁에 질려 이 광경을 지켜보았다. 당시 최고의 문명을 가진 그들이었지만 이와 같은 상황이 왜 일어나는지는 어느 누구도 알지 못했다. 잠시 후 태양은 화산재에 가려 완전히 사라졌고 하늘로 치솟은 화산재는 돌조각이 되어 떨어졌다. 시민들은 떨어지는 돌조각을 피해 건물 안으로 대피했다. 어떤 이들은 귀중품만을 챙긴 채 탈출을 시도했다. 첫 번째 폭발로부터 약 18시간 뒤 두 번째 폭발이 일어났다. 두 번째 폭발에서 뿜어져 나온 화산 쇄설류(뜨거운 열기를 가진 가스)가 시속 200km 정도의 속도로 산을 타고 내려와 폼페이 전체를 덮쳤다. 섭씨 200~300도 정도 되는 화산 쇄설류의 뜨거운 열기가 탈출하지 못한 잔류자들을 순식간에 주검으로 만들었다. 이 주검들은 바로 화산재에 파묻힌다, 도시와 함께. 이 참사에 대해 당시 목격자의 기록이 존재하고 있고 현대 과학으로도 증명된다고 한다.

도시를 탈출한 많은 이들이 살아남았지만, 자신이 폼페이 거주자였다는 사실을 세상에 알리지 않았다.

저주받은 도시의 거주자였다는 사실을 숨기기 위해서였다. 당시 지식으로는 신의 저주만이 도시를 그렇게 폐허로 만들 수 있다고 믿었기 때문이다. 그렇게 폼페이는 역사 속에서 사라진다.

멸망 후 천년이 훨씬 지난 1592년, 폼페이는 그 위에서 우물을 파던 한 농부에 의해 우연히 세상에 그 모습을 드러낸다. 5미터나 되는 화산재에 파묻힌 까닭에 도시 원형이 그나마 잘 보존되어 있어 로마시대 도시문화를 제일 잘 나타내는 유적지가 되었다. 발견 초기에는 도굴꾼들에 의한 발굴이 주를 이루었다고 한다. 그러다가 1860년 로마대학 주세페 피오렐리 교수에 의해 체계화된 발굴이 이루어진다. 교수는 발굴을 하면서 사람들의 흔적이 없음을 이상하게 여겼다. 이 의문에 대한 답은 화산재 사이 빈 공간에 있었다. 이 공간은 시신이 썩어 없어지면서 생긴 자리다. 피오렐리 교수는 도시 곳곳 화산재 사이 공간을 찾아다니며 석고를 부었다. 그러자 폼페이 최후의 날, 그 자리에 있던 시민들의 모습이 하나둘씩 나타났다. 석고 캐스트로 모습을 드러낸 이들의 팔다리는 열 때문에 수축되어 있었고 표정은 고통으로 일그러져 있었다. 이들로 인해 한때 로마제국의 화려한 도시였던 폼페이는 슬픔이 숨어있다.

폼페이를 보고 있으면 2천 년 전 도시를 구상하고 설계한 로마인들의 지혜에 놀라지 않을 수 없다. 한편으로는 도시 건설에 동원된 노예들의 슬픔과 아픔이 보이기도 한다.

처음 가본 선상 낚시

새벽 2시, 맞춰놓은 알람 소리에 눈이 떠졌다. 선상 낚시를 처음으로 가는 날이었다. 평소라면 내 눈은 초점을 잃고 짜증을 담아내겠지만 이날 만큼은 초롱초롱했다. 가족들이 잠들어있는 시간, 조용히 세수만 간단히 하고 챙겨 둔 옷을 하나하나 껴입었다. 살금살금 현관문을 빠져나와 집결 지인 대구 월드컵 경기장으로 차를 몰고 갔다.

집결지 주차장에서 약간의 잡담을 나눈 후, 차 한 대에 모두 올라타서 2시 간 정도를 달렸다. 경유지인 마산시 변두리에 차를 세우고 이른 아침밥을 먹었다. 미끼와 부족한 낚시 장비도 샀다. 다시 차에 올라 1시간 정도를 더 달려 경남 통영 어느 바닷가 작은 선착장에 도착했다. 비릿한 바다 내음 과 시원한 바람이 코로 들어왔다. 잠시 후 동트기 전 어스름을 뚫고 선장님 이 우리를 마중 나왔다. 걸걸한 농담을 좋아하는 선장님은 잠시 그간의 고기잡이 무용담을 펼친 후 우리를 배로 인도했다. 낚시광인 직장동료의 유혹에 넘어가 생전 처음으로 선상낚시를 경험하게 되었다.

어릴 적, 고향 동네 뒤편에는 작은 못이 2개 있었다. 중학교 다닐 때 따뜻한 봄날이 되면 그 못에서 가끔 붕어낚시를 하곤 했다. 붕어를 낚아 올릴 때 손과 팔에 낚싯대를 통해 전해지는 고기의 몸부림은 묘한 느낌과 짜릿한 손맛을 가져다주었다. 그때의 기억 때문인지, 손맛 때문인지, 직장동료가 선상 낚시를 가자고 했을 때 흔쾌히 수락했다.

5~6명이 정원인 낚싯배는 빠른 속도로 목적지로 내달렸다.

배로 들이닥치는 맞바람은 말로만 듣던 시베리아 벌판의 칼바람 같은 느낌이 들었다. 동료들의 충고에 따라 온몸을 꽁꽁 싸매었지만 겨울 바닷바람을 이길 수는 없었다. 바람을 피할 수 있는 조타실이 있지만 그 안에 들어가면 바다를 제대로 구경할 수 없다. 그래서 나는 그나마 바람의 영향을 적게 받는 조타실 뒤편에 자리를 잡았고 자주 다닌 동료들은 조타실 바닥에 누워 여정의 피로를 풀었다.

남해에는 섬들이 많았다. 배가 어느 방향으로 움직이든 시야에 섬이 들어왔다. 멍하니 앉아 배의 스크루가 만들어내는 V자형의 물결과 지나가는 섬들을 한참 동안 바라보았다. 그러는 사이 배가 속도를 늦추었다. 낚시를 할 장소에 도착한 것이었다. 선장님은 배 앞뒤로 닻을 내려 배가 파도에 밀려 움직이지 않도록 조치했고 동료들은 추위에 굳어있는 손가락을 핫팩으로 녹여가며 바삐 낚시채비를 했다. 물론 나는 채비 방법을 몰라 옆에서 조수 노릇만 했다. 내 소유의 낚시 장비는 하나도 없었다. 나는 몸만 가져갔었다.

잠시 후 내가 던진 낚싯대가 휘청거렸다. 반사 신경을 발동하여 배에 걸쳐놓은 낚싯대를 힘껏 들어 올렸다. 묵직한 무언가가 달려있었다. 어릴 때 붕어를 낚아 올리던 느낌과는 차원이 달랐다. 절체절명의 위기에 처한 물고기의 몸부림이 낚싯대와 낚싯줄을 통해 온몸으로 팽팽하게 전해왔다. 두 팔로는 감당하기 힘들었다. 나는 몸부림을 제압하기 위해 낚싯대 손잡이 끝을 허리에 받치고 오른손으로 릴을 급하게 잡아 돌렸다. 낚싯대는 활처럼 휘어지고 가는 낚싯줄은 팽팽해져 끊어질 것만 같았다.

배 위에는 긴장감으로 가득했다. 옆에서 구경하는 동료들과 선장님은 이런저런 조언을 마구 쏟아냈다. 한참을 싸우고 나서야 물고기의 얼굴을 볼 수 있었다. 검은 바탕에 은빛이 감도는 감성돔이었다. 물속에서 고기가 잡아당기는 힘은 상상 이상이었다.

나중에야 알게 되었지만 물고기를 잡아 올리는 과정에서 고기를 놓쳐버리는 경우가 많다고 했다. 고기가 끌려올 때는 한 번씩 필사적으로 저항하는데 이때에는 릴 감기를 중단하고 같이 버텨주어야 한다. 그렇게 하지 않고 물고기가 버틸 때 릴을 계속 감아버리면 줄이 터지거나 입에 걸린 바늘이 빠져버리는 사태가 벌어진다. 경험이 적은 낚시꾼들은 요령 부족으로 바늘에 걸린 고기를 잡아 올리는 과정에서 종종 놓친다고 하는데 어쨌든 나는 운이 좋아 성공했다.

첫 손맛을 본 후에도 나는 20cm 중반, 30cm 초반의 감성돔을 또 잡았다. 낚시꾼들의 심정을 이해할 수 있었다. 새벽에 일어나 그 먼 길을 달려가는 이유를. 오후 3시쯤 되니 선장님과 동료들의 표정과 몸짓에 피곤이 섞여 있었다. 마치고 집으로 돌아가야 할 시간이 된 것이다. 나의 몸은 정상적이라면 파김치가 되어있어야 하는데 그렇게 피곤하게 느껴지지 않았다. 아마 처음 겪어 본 손맛과 배 위에서 먹은 컵라면, 갓 잡아 올린 감성돔으로 뜬 회가 피곤을 잊어버리는 데 도움이 된 모양이었다.

배 위에서 경험한 손맛과 회의 맛은 마약과 같은 중독성을 가지고 있다. 첫 경험 때 고기를 낚은 것이 정말 운이 좋았다는 것을 후에 재미 삼아 몇 번 더 따라가보고 알게 되었다. 5번 가면 2번 정도는 고기 구경도 못하고 오는 사태가 벌어졌다. 선장은 그 전날 많이 잡힌 장소로 우리를 안내

하지만 고기는 우리가 올 때까지 기다려 주진 않았다. 나를 낚시로 끌어드린 동료 2명은 수년간 온갖 경험을 한 베테랑으로 나보다는 실력이 몇 수 위였지만 배 아래에 고기가 없는 날이면 나와 같이 한 마리도 잡지 못했다. 배 아래에 고기가 없다면 실력도 의미가 없었다.

매번 갈 때마다 고기를 잡는다면 낚시의 묘미는 사라질지도 모른다. 다음에는 꼭 잡고 말겠다는 각오와 도전 정신이 낚시꾼들을 그 자리에 머물게 한다. 낚시에 인생의 진리가 담겨있다고 해도 그리 틀린 말은 아닌 것 같다.

나는 자연인이 되고 싶다

누구에게도 구애받지 않고 최대한 자유를 만끽하면서 살고 싶다. '나는 자연인이다'라는 TV 프로그램을 자주 본다. 산속에서 혼자 살아가는 주인공들의 삶이 내가 원하는 삶과 닮아있다. 세 식구의 생계를 책임져야 할 가장이기에 TV 속 주인공들처럼 산속으로 훌쩍 떠날 수 없는 처지이다. 그래서 가족의 생계를 위해 직장 생활을 해야 하는 현실 속에서 최대한 자유를 누릴 수 있는 방법을 찾아 실천하려 한다.

첫째, 직장 내에서 너무 깊은 인간관계를 말자.
직장 내에서의 너무 깊은 인간관계는 속박을 가져온다. 업무 외적인 부분도 신경 써야 하고, 관계를 맺은 사람의 기대에 부응하거나 인정받기 위해 무언가를 해야 한다. 내가 받은 것이 있다면 그에 합당한 보답도 해주어야 한다. 직장은 Give & Take가 철저히 지켜지는 세상이다. 직장 생활을 처음 시작할 때부터 이런 마음을 가진 것은 아니었다. 5~6년 전까지만 하더라도 간부로 승진해볼 마음에 노력도 했었다. 평소 이것저것 재지 않고 책임감으로 일은 열심히 했었지만 그렇게 힘들다는 생각은 하지 않고 있었다. 그런데 승진을 마음속에 두고 나니 상사나 동료들의 눈치를 살피게 되었고, 인정받기 위해 계속 무언가를 해야만 하는 부담감이 나를 힘들게 했다. 그런 내 모습을 보고 있는데 '도대체 무엇을 얻기 위해 이러고 있나' 싶었다. 그래서 마음을 달리 먹었다. 너무 눈치 보지 않고 편하게 일하기로 말이다. 그렇다고 해서 맡은 업무를 소홀히 하겠다는 의미는 아니다.

둘째, 돈에 대한 집착을 내려놓고 지금의 월급에 만족하면서 살자.

30대 중반에는 많은 돈을 벌어 좋은 차를 사고 멋진 집에서 살고 싶은 욕망이 있었다. 월급만으로는 실현할 수 없는 삶이기에 주식에도 손을 댔다. 욕심이 너무 앞선 나머지 고위험, 고수익 위주로 투자를 하다 보니 중형차 1대 값의 돈을 날려 먹었다. 덕분에 개미투자자가 주식시장에서 돈을 버는 것은 거의 불가능에 가깝다는 교훈도 얻었다. 그래서 지금은 주식투자를 하지 않고 있다.

부동산 투자로 돈을 벌어볼까 하는 생각도 잠시 가졌었다. 친구나 직장동료가 아파트 매매로 큰돈을 벌었다는 이야기에 주택청약을 위해 주말이면 아내와 모델하우스를 찾아다녔고 부동산 전문가의 유튜브도 많이 시청했다. 하지만 이런 쪽으로 너무 신경을 쓰다 보니 내 정신이 피폐해져 가는 것이 느껴졌다.

지금은 직장에서의 승진이나 많은 돈을 버는 것에 대한 욕심은 내려놓았다. 높은 자리에 올라가고자 하는 마음이나 많은 돈을 벌고 싶은 마음은 욕심이 아니다. 그것을 이루기 위해 노력한 것보다 더 많은 것을 바라는 마음, 그것이 욕심일 뿐이다. 나는 나보다 돈이 더 많고 높은 자리에 있는 사람을 따라가기 위해 에너지를 소비하기보다는 지금 내가 가지고 있는 것에 만족하려 한다.

내가 이런 마음가짐을 가지게 된 것에는 독서와 글쓰기의 영향이 큰 것 같다. 독서를 하면서 행복의 의미를 조금씩 알게 되었고 글쓰기를 하면서 내가 진정으로 원하는 삶이 무엇인지 깨우친 것 같다. 또한, 소신이 뚜렷한 내 성격도 한몫했던 것 같다.

돌이켜 보면 지금까지 내가 살아온 길은 모두 전적으로 나의 선택이었다. 10살 때 아버님이 돌아가신 후 고등학교를 졸업할 때까지 어머니와 단둘이 생활했다. 당시 나이 차이가 많은 형 둘과 누나가 있었지만 모두 타지에서 직장 생활을 하거나 학교에 다녔다. 진학을 결정하거나 직장을 구할 때도 가족에게 물어보지 않고 전적으로 내 생각대로 했다. 주위에서 어떤 말을 하더라도 내가 원하는 대로 했다. 그렇다고 고집불통은 아니다. 내가 틀렸다는 것을 인지하면 바로 고치기 위해 노력하는 성격이다.

요즘 내가 하고 싶은 것은 멋진 캠핑카를 구매해 전국의 산과 들을 돌아다니며 집시 생활을 즐기는 것이다. 경제적 현실로 인해 현재는 그냥 희망 사항일 뿐이지만 로또 1등에 당첨이 된다면 당장이라도 그렇게 하고 싶다. 현재의 직장 생활이 견딜 수 없을 만큼 힘들거나 불만이 가득해 그만두고 싶은 것이 아니다. 단지 직장에 다니지 않고도 가정을 꾸려나갈 수 있다면 내가 하고 싶은 대로 살고 싶은 것뿐이다.

60세가 되면 정년퇴직을 한다. 정년이 되는 날까지 직장 생활을 즐겁게 하면서 내 꿈을 이루기 위한 준비를 착실히 할 생각이다. 그날이 오면 낮에는 먹을거리를 찾아 산과 들과 강과 바다를 누빌 것이고 밤이면 좋아하는 책도 읽을 생각이다. 햇살 좋은 어떤 날이나 빗방울이 예쁘게 떨어지는 어떤 날은 글도 써볼 생각이다. 많이 기다려진다.

좀 더 자기다움

조수연

시작하기 좋은 때가 따로 있는 것은 아니다.
2019년에 마음이 놓였다 책에.
그 곁에 오래 머물고 싶다.

프롤로그

어린 나, 자라는 나
너는 맨날 뭐가 좋냐?
가시 돋친 선인장 같은 나

예뻐서 그러지
엄마 살아온 이야기책 대여섯 권
가끔은 나빴고 거의가 좋았다

퇴색되지 않는 관계
묵은 상처가 향기로워지려면
사랑은 대가를 지불한다

사랑, 그 사랑
아이들이 가르친 교사
good-god=0

프롤로그

"내가 잘하는 것이 뭘까?"

진로 때문에 묻는 것이 아니었다. 다만 답은 찾고 싶었다. 나만의 반짝거리는 것 하나는 갖고 싶어서다. 그러던 중 친구와 이야기를 나누다가 실마리를 찾게 되었다.

"잘하는 게 별거냐? 남들이 어려워하는 것을 큰 힘 안 들이고 할 수 있으면 그게 잘 하는 거지. 너는 설득력 있게 말을 잘하고 글도 맛있게 쓰잖아"

"뭘, 그쯤이야 누구나 하는 거지"

나는 쑥스러워 하며 얼버무렸다.

글쓰기를 잘한다고는 할 수 없다. 하지만 적어도 좋아했던 것은 사실이다. 고등학생 때는 문예반인 '나래반'에서 활동을 했었고 글짓기 대회에도 자주 나갔었다. 대학생 때도 일상의 소소한 이야기에서 색다른 재미를 찾아내어 학보사나 동네 신문사에 투고를 했다. 그래서 내 글이 신문에 실리는 재미를 맛보기도 했었다.

어른이 되고 일을 하면서부터는 개인적인 감상을 남길 일은 적어졌다. 그보다는 읽는 이를 고려하여 간결하고 보기에 좋은 글을 써야 할 때가 많았다. '효율성'이라는 필터로 걸러 낸 수많은 보고서를 쓰면서 글을 쓴다는 순수한 재미는 점점 잃어갔다. 그만큼 나의 감정을 보살피는 일은 상대적으로 덜 중요한 일이 되었다. 단지 쓴다는 즐거움을 되찾기 위해 나는 위에 있는 질문을 내게 던져놓고 에움길을 돌아서 다시 책상 앞에 앉게 되었다.

내가 하고 싶은 것은 나의 이야기를 글로 쓰는 것이다. 이를 통해 나를 되돌아보고 나의 감정을 보살피는 시간을 갖고 싶다. 그렇게 함으로써 좀 더 나다워지기를 기대한다. 바쁘게 살다 보니 기억해야 할 사람을 잊어버렸고 더없이 감사했던 일들을 당연한 것처럼 여기게 되기도 하였다. 그럴수록 은혜를 기억하고 감사를 표현하면서 살아야 하는데 말이다. 그래서 쓰기를 통해 기억해야 할 사람에게 감사의 마음을 조금이라도 전할 수 있으면 좋겠다.

내 글은 초보 석수장이의 손에 들린 돌덩이에 불과하다.
어떤 모양으로 다듬어지게 될지 모르겠다.
다만 어느 누군가에게는 마음에 바람이 통하도록 하는 문,
그 문을 받치는 작은 돌멩이 하나라도 되면 좋겠다.

어린 나, 자라는 나

너는 맨날 뭐가 좋냐?

처음 교회를 간 것은 초등학교 4학년 때이다. 동네 하천에서만 물놀이를 해 봤는데 여름 성경학교에 나오면 시외로 물놀이를 간다고 해서 친구를 따라간 것이다. 신나게 물놀이를 다녀온 후 주일을 모른 체 할 수 없었던지 그 후로 고등학교를 마칠 때까지 교회를 다녔다. 빠른 걸음으로 걸어가도 교회를 가는 데 30분이 걸렸다. 더구나 어린이 예배는 오전 9시여서 나는 부지런해져야 했다. 농사일과 집안일을 거들어 드리고 출발하려면 서둘러야 했다.

햇살이 아직 퍼지지 않은 논에 나가 볏단을 뒤집어서 말렸다. 그리고 돼지가 먹을 풀을 한 망태 베어다 돼지우리에 던져줬다. 개의 똥을 치우고 아침 죽과 물을 갈아줬다. 세수를 하고 동생들을 깨운 다음 이불을 개고 방 청소를 했다. 끝으로 옷을 갈아입고 아침밥을 먹었다. 뛰다시피 교회로 달려가는 나는 신이 나 있었다. 자기가 하고 싶은 일을 한다는 것은 그렇게 신명나는 일이었다.
"다 했어요. 저 교회 갑니다"
엄마는 바쁘게 달려 나가는 내 등에 대고 말씀하셨다.
"쟤가 왜캐 쌌나? 천천히 가래이."

어느 날 교회에서 '롤링페이퍼'를 썼다. 자신의 이름을 종이 위에 써 놓으면 다른 사람들이 돌아가면서 그 사람에게 하고 싶은 말을 써 주는 것이었는데 이런 글이 적혀 있었다.

"너는 맨날 뭐가 좋냐?"

'자기가 나보다 훨씬 더 잘 살면서 나의 어디가 좋아 보인다는 것이지?'

궁금했지만 그 친구와 그리 친한 사이가 아니어서 묻지 않았다. 그러다가 우연히 학교 마치고 집에 돌아오는 길이었는데 친구가 먼저 말을 걸어왔다.

"너는 왜 맨날 웃냐?"

"내가 맨날 웃나? 글쎄, 난 몰랐는데"

"그래, 너한테는 뭔가 좋은 일이 많이 생기는 것 같아. 행운아 같이"

"그런가? 좋은 말이네. 안 그래도 네가 왜 그렇게 썼는지 물어보고 싶었어"

그렇게 몇 마디 주고받은 후 우리는 자연스럽게 친해졌다.

어른이 된 지금도 잘 웃는다. 맨날 좋아서 웃는 건 아니지만 웃을 일이 많기는 하다. 그 친구 말대로 행운이 따라서 그럴 수도 있겠지만 내게는 행운을 부르는 방법 두 가지가 있다.

먼저 '나만의 행운 데이(day)' 만들기.

나의 행운 데이는 보름달이 뜨는 날인데 이름하여 '보름달 데이'이다. 보름달이 뜨는 날에는 좋은 일들이 많이 생겼고 나는 그것을 기억했다. 그래서 한 달에 한 번 보름이 다가오면 좋은 일이 생길 것이라는 기대감으로 마음이 즐거워진다. 물론 실제로 좋은 일이 생기기도 했고 평범하게 지나간 달도 있었다. 그러나 좋은 일이 생길 때마다 스스로 기억을 다진다.

"한 달에 한 번은 행운 데이가 있으니 나쁠 게 없잖아. 역시 보름달 데이!"

둘째 '주차 행운' 스스로 만들기.

운전을 하는 사람이라면 하루에 한 번은 나에게 행운이 따라 준다고 여길 수 있는 좋은 방법이다. 내가 주차를 하려고 다가가면 주차된 차가 쓱 빠져준다.

어떨 때는 주차 자리가 마치 날 기다렸다는 듯이 딱 하나 남아 있기도 하다. 물론 반드시 그런 것은 아니다. 때때로 그랬다는 것이다. 그러나 대부분 그러하듯이 주차할 자리를 찾아 한 두어 바퀴쯤 돌아다니다 보면 주차 자리가 생기기 마련이다. 그럴 때 난 이렇게 말한다.

"봐, 난 주차 운이 좋다니까."

솔직히 나에게만 행운이 따를 리는 없다. 사람이 살면서 겪게 되는 행운의 총량은 모든 사람에게 동일하다는 '행운의 총량 법칙'도 있으니 말이다. 다만 내게 나빴던 일은 흘려보내고, 좋았던 일에는 역시 나는 운이 좋은 사람이라고 기억하는 것이 인생을 보다 즐겁게 살아가는 방법 중 하나라고 생각한다.

왜 자신을 행운아라고 믿는 것이 좋을까?

내 차의 자동차 기어는 중립(N)이 가운데에 있다. 앞으로 밀면 후진(R)을 하고 몸 쪽으로 당기면 전진(D)을 한다. R-N-D, 어느 쪽을 선택하든지 중립에서 드는 힘은 같다. 삶 속에서 사건은 늘 일어나고 선택의 순간도 이어진다. 매 순간 전진을 할 것인지 아니면 후진을 할 것인지를 스스로 결정해야 한다. 그렇다면 전진에 필요한 에너지는 어디서 얻을까? 그것은 자존감에 달려있다. 그동안에 이룩해 놓은 성과나 주변의 좋은 평판도 자존감을 높이는데 영향을 끼치겠지만 무엇보다 자신이 스스로를 어떻게 바라보느냐가 중요하다. 그런 측면에서 자신을 행운이 따르는 사람이라고 스스로 격려해주고 믿어주는 작은 습관을 가지면 좋을 것 같다.

"너는 맨날 뭐가 좋냐?"

이 짧은 질문은 스스로를 행운아라고 바라보게 했다. 어릴 적 롤링페이퍼를 생각하면 하고 싶은 일을 하면서 힘든 줄도 몰랐던 좋은 기억들이 줄줄이 따라 나온다. 나처럼 기억력이 형편없는 사람이라면 슬프거나 지칠 때 다시 꺼내 볼 수 있도록 좋았던 순간, 감사했던 순간, 잊을 수 없는 순간들을 기록해 두라고 말해 주고 싶다. '진짜 부자'는 좋은 추억이 많은 사람이라고 했다. 자신에게 일어나는 크고 작은 행운에 대해 내게 유리하도록 '나만의 해석'을 붙이며 사는 것이 진짜 부자로 살아가는 데 도움이 될 것 같다.

가시 돋친 선인장 같은 나

깊은 좌절과 낙심된 마음이 들 때는 죽음 후를 생각해 보라. 쉽지 않고 믿기 어렵겠지만 내가 죽고 난 후의 모습을 떠올려본다면 한 가지를 깨닫게 될 것이다.

'나 없는 세상, 잘도 돌아가네!'

우리는 지금, 여기 나에게 주어진 오늘 하루를 마치 선물로 받은 것처럼 살아야 한다. 또 내가 죽고 난 이후의 세상을 생각하면서 다른 사람이 아닌 바로 나 자신을 귀하게 여기며 살아야 한다.

나는 한 번 이혼했다.

대학교를 졸업하고 스물다섯 살이 되었을 때 결혼하였다. 그리고 서른두 살에 다시 혼자가 되었다. 갓 네 살이 되는 어린 아들이 있었지만 아이 아빠와 할머니께 맡기고 독한 년 소리를 들으며 이혼했다. 여러 속 사정이 있었고 그렇게 되었다. 친정에서 반대하는 결혼이었기 때문에 더 잘 살아 보려고 애썼다. 사랑은 참고 견디는 것, 내가 더 성장하고 깊어지면 점차 좋아지고 잘 될 것이라 생각하며 살았다. 하지만 결과적으로는 잘되지 않았다. 처음으로 친정 엄마 앞에서 이혼을 해야겠다는 말을 했을 때 억장이 무너진 엄마는 길게 우셨다. 나도 많이 울었다.

오 년을 혼자 살았다. 아이를 만나는 주말을 위해 평일에는 더 열심히 일을 했다. 그러면서 작은 집을 하나 마련하였고 차도 한 대 샀다. 주말이나 방학에는 아이와 함께 이곳저곳을 많이 다녔다.

이혼한 엄마가 해 줄 수 있는 건 바쁜 아빠를 대신해 다양한 체험을 시켜 주는 것이라고 생각했기 때문이다. 하지만 아이에게 엄마 역할을 제대로 못하고 산다는 죄책감은 날로 더해졌고 아이를 잃은 상실감은 컸다. 이혼으로 내 삶이 통째로 구렁텅이에 빠진 느낌이었다. 그렇게 나는 날마다 위축되어갔다.

무엇보다 엄마께 죄송한 마음이 컸다. 젊어서 남편을 먼저 떠나보내고 여자 몸으로 시골에서 농사를 지어 여섯 남매를 키우신 엄마셨다. 그런 엄마께 믿었던 넷째 딸의 이혼은 큰 아픔이셨을 것이다. 특히 사랑하는 막냇동생이 결혼식을 앞두고 있어서 누나로서 미안함이 더 컸다.

열심히 살아온 지난날들이 허무하게 느껴졌다. 이렇게 살아온 내가 바보였다고 했다가 더 참았어야지 했다가, 이기적인 선택이었다고 자책하면서 보냈다. 그래도 다행히 낮에는 일이 있고 주변 사람들과의 만남이 있어서 신세 한탄으로 우울에 빠지거나 아무 상관 없는 것처럼 비뚤어지지도 않았다. 그러나 퇴근 후에는 집에 돌아와 불도 켜지 못하고 벽에 기대어 혼자 운 날들이 많았다.

다행히 이혼한 때는 봄이라 점점 낮이 길어지고 있었다. 메말랐던 가지에 새순이 돋는 봄, 아이와 야외로 나갈 수 있어서 기운을 차리는 데 도움이 되었다. 주말에 아이를 볼 수 있다는 것이 행복했고 웃는 아이의 얼굴을 사진으로 남길 수 있어 감사했다. 그동안 이런저런 사정으로 자주 만나지 못했던 외사촌들과도 어울려 놀면서 친정 엄마를 자주 찾아뵐 수 있는 것이 큰 위안이 되었다.

아이를 위해서라도 잘 살아야겠다는 생각을 많이 했다.

잘 산다는 게 어떤 것인지 고민했고, 어떻게 살아갈 것인지에 대해 궁리했다. 그러다가 '아이에게 자랑이 되는 엄마'가 되어야겠다고 다짐했다. 늦었지만 대학원에 진학해 석사를 취득하고, 여러 자격증도 따두었다. 경제적으로도 궁하지 않도록 재테크에도 관심을 가졌다.

틈을 내어 쓰러진 마음을 다잡기 위해 수련원 같은 곳을 찾아다녔다. 그러던 중에 한 수련원의 강사가 '내가 죽고 난 후 이 세상이 돌아가는 모습을 상상해 보라'고 하였다. 그런 생각을 한 번도 해 본 적이 없었고 내가 죽으면 우리 아들은 엄마가 죽고 없는 불쌍한 아이가 된다는 생각이 들었다. 도저히 마음이 아파서 몰입을 할 수가 없었다. 그러나 어렵게 시간을 내어 간 곳이라 끝까지 생각을 붙잡고 가만히 내 속을 들여다보기로 하였다. 흐릿한 안갯속을 헤치고 발견한 나는 '가시 돋친 선인장'의 모습을 하고 있었다. 날카로운 가시를 바짝 세우고 온몸을 감싼 채 조그맣게 옹그리고 있었다. 누구라도 내게 다가서면 곧 찌를 듯이 말이다. 그러나 한 편으로는 속마음을 보이고 싶어도 했다. 그러나 혹시라도 여린 내 속을 알아채기라도 할까 봐 잔뜩 겁을 먹고 긴장한 모습이 섞여 보였다.

'나는 왜 이렇게 강하게 보이려고 할까?'
'누구랑 경쟁하며 사는 게 아닌데 왜 지면 안 된다고, 이겨야 한다고 생각했을까?'
삶은 이기고 지는 경기가 아닌데 말이다. 소리 없는 눈물이 하염없이 흘렀다. 눈물을 그치자 그동안 내가 나 아픈 것만 생각하고 살아왔음을 깨달았다. 그런 나를 지켜보며 곁에서 안타까워하고 기도하는 사람들이 떠올랐다. 사랑으로 도와주고 돌봐주는 가족과 친구들이 있다는 것을 잊고 지내왔음을 비로소 알게 되었다.

괜찮아, 이제 괜찮아.
네가 다 잘못한 것 아니야. 그동안 너도 힘들었잖아.
이제는 네 상처를 모른 척하지 마. 괜찮은 척, 안 아픈 척하지 마.
그만 좀 쉬어. 너도 쉬어도 돼.
아픈 곳은 아프다 하고 네가 알아줘야 치료를 받지.
괜찮아, 치료받으면 돼.

마음속 이야기가 안에서부터 들려왔다. 나는 가만히 팔을 펴서 내 몸을 감싸 안았다. 상처와 아픔이 조금씩 치유되는 느낌이었다. 움츠린 어깨를 펴고 허리를 바르게 세우고 자세를 고쳐 앉았다.

내가 죽고 난 이후에도 세상이 잘 돌아간다는 것을 상상할 수 있었다. 내가 아니면 안 될 것처럼 살아왔다. 무엇이든지 내가 해야 안심이 되고 만족해하는 고집스러운 모습이 보였다. 죽음에 대해 생각하고 나니, 사는 것 자체가 귀하게 느껴졌다. 살아 있음이 감사했고, 아이를 만날 수 있음이 감사했다. 일을 다닐 수 있는 건강에도 감사했다. 비로소 나는 모르는 것은 모른다고 말할 수 있게 되었다. 부족한 것은 잘 모르니 도와달라는 부탁을 할 수 있게 되었고, 도움받으며 살아도 된다는 용기와 내려놓는 마음도 생겨났다.

행복하게 살려고 발버둥 치며 살았구나!

행복해야 잘 사는 거라고 믿으며 살았다. 하지만 아니었다. 내 삶을 살아가는 것 그 자체로 충분하다는 생각이 들었다.

내가 살아있다는 것만으로 다른 사람에게 기쁨이 되는 것이라는 것을 깨닫고 나니 많은 것이 감사로 바뀌었다. 감사가 회복되자 신기하게도 돕고 살아야겠다는 마음이 저절로 일어났다. 원망하고 좌절했던 마음들이 차츰 나를 통과하여 밖으로 흘러나갔다.

사랑은 아프기만 하고 희생하며 견디기만 하는 것이 아니다. 환희에 차고, 감격하는 기쁨도 있다. 그래서 나는 자신을 아끼고 사랑하면서 살기로 했다. 스스로를 귀하게 여기면서 말이다. 요즘은 식당이나 카페를 가도 자연스럽게 '물은 셀프'로 가져다 먹는다. 마찬가지로 내게 주는 '사랑도 셀프, 행복도 셀프'라는 생각이 들었다. 뒤이어 내가 '내어주는 물은 기꺼이' 주겠다는 마음도 속에서 차올랐다. 마음에 아침이 밝아왔다. 밝은 햇빛은 어느 곳을 가리지 않고 서서히 그러나 확실히 온 사방으로 번져 나간다. 죽음을 생각하고 나서 나의 삶에는 감사가 번져나갔다. 그렇게 나는 회복되고 있었다.

예뻐서 그러지

엄마 살아온 이야기책으로 쓰면 대여섯 권

"엄마가 살아온 이야기는 말로는 다 못 해여.
책으로 쓴다면 대여섯 권도 모자라지. 말해 뭐 해여"

엄마께서 기분이 울적한 날에 하시는 말씀이었다. 아마도 이런 날은 누군가의 안타까운 이야기를 들었을 수도 있고 아니면 스스로가 안쓰러운 날이었을 것이다. 언제부터인가 엄마는 혼잣말을 잘하셨다. 넋두리를 들어줄 남편도 없거니와 고만고만한 자식들이 사춘기를 요란하게 보낸 탓도 있을 것이다. 그러던 중 수능 시험을 마친 그 겨울에 내가 엄마에게 드린 약속이 있다.

"엄마 살아온 이야기, 이 딸이 책으로 써줄게요."
"진짜? 진짜가? 뭐라고 써 줄 건데?"
"있어 봐요. 훌륭하신 우리 김 여사, 그동안 살아온 이야기 내가 속시원하게 싹 다 써드릴 모양이니까!"

그간 애 먹인 것이 미안하기도 했고 진심으로 고맙기도 해서 겁없이 덜컥한 약속이었다. 하지만 대학교에 진학을 하고 사회생활을 시작하면서 그 약속은 기억에서 점점 멀어졌다. 그러다가 엄마께서 하늘나라 가시고 나서는 완전히 잊어 버렸다.
다시 글을 써봐야겠다고 마음을 먹고 나자 놀랍게도 가장 먼저 소환된 것은 엄마 이야기를 책으로 써 주겠다고 했던 그 약속이었다.

예순일곱! 돌아가시기에는 아까운 나이다. 평생 고생만 하시다가 돌아가신 가엾은 엄마 이야기를 어떻게 써야 할지 고민이 되었다. 고생하신 이야기, 아프고 힘든 이야기가 많았지만 엄마는 결코 그런 이야기만 쓰기를 원치 않으셨을 것이다. 천성이 밝고 긍정적인 엄마셨고 평소에도 속상하다며 울거나 주저앉아 신세한탄을 하시는 일이 없으셨다. 그런 까닭에 엄마가 평소 우리에게 자주 강조하여 일러주셨던 가르침과 사랑에 대해 기억을 떠올려 기록해보려고 한다.

엄마는 서른 살에 첫 남편과 갑작스러운 사별을 맞으셨다. 그때 엄마 곁에는 어린 세 아이만이 남았다고 하셨다. 지금의 나보다 어린 나이에 감당해야 할 아이가 셋. 그때도 엄마는 당차게 살아가셨다고 한다. 그러던 중 이웃의 소개로 만난 총각이셨던 우리 아버지를 소개로 만나 재혼하셨다. 두 분 사이에 태어난 첫 딸이 바로 나다. 오십 가구가 채 안 되는 시골 마을에서 '피앗골'이라는 조금 외진 곳에 우리 집이 있었다. 태어나자마자 넷째가 된 나와 두 동생이 더 태어나면서 우리는 여덟 명의 대식구가 되었다.

우리 집이 동네에서 가장 가난했던 것은 엄연한 사실이었다. 하지만 놀랍게도 내 기억 속 어린 시절은 가난 때문에 서럽고 힘든 기억보다는 재미있고 신나는 일들이 더 많았다. 대식구의 매 끼니를 챙기는 것도 여간 일이 아니었을 텐데 우리는 배고픈 적이 없었다. 왜냐하면 누구보다 부지런한 부모님이 계셨기 때문이다. 우리 집에는 오리부터 소까지 안 키우는 가축이 없었고 밭에는 딸기며 땅콩까지 갖은 과채가 심겨져 있었다. 튼실한 과실나무도 종류대로 심어 두셨다.

그래서 싱싱한 제철 과일이 늘 풍족했다. 무엇보다도 엄마가 늘 당당하고 다른 사람을 대할 때도 푸근하고 인심 좋게 사셨기 때문에 우리가 가난하다는 느낌을 받은 적이 별로 없었다. 게다가 우리 부모님은 참 잘 웃으셨다. 어렵고 힘든 가운데에서도 노랫가락이 자주 흘러나왔고 웃는 얼굴이 참 해맑았다. 그저 자식들만 바라보고, 앞만 보고 살아오신 부모님의 울타리 덕분에 재미있고 즐거웠던 기억이 가득하다.

하지만 그렇다고 해도 우리 집이 가난해서 싫었던 때가 없었던 것은 아니다. 비 오는 날 학교를 가야 하는데 다 부서진 우산만 남았을 때가 그랬고, 이리저리 양말을 바꿔서 신어도 너무 닳아서 그 구멍을 가릴 수 없을 때가 그랬다. 납부기한이 지난 공과금 때문에 앞으로 불려나갈 때가 그랬고 아이들이 다 돌아가고 난 후에 교실에 남았을 때도 그랬다. 그때는 제때 돈을 주시지 않는 부모님을 좀 원망했지만 그보다는 까탈스럽게 구는 선생님이 더 싫었던 것 같다.

가난이 어릴 적 상처로 기억될 수 있겠지만 내게는 하나의 에피소드로 남았다. 그것은 순전히 엄마 덕분이다. 우리 집은 텔레비전이며 가스레인지, 냉장고가 자주 바뀌었다. 그것은 어느 집에서 새 가전을 들이면 쓰던 것을 우리 집으로 갖다 주었기 때문이다. 그런 일이 심심찮게 있었는데 나는 이전 것보다 더 크고 더 잘 나오니까 잘 된 것이라 여겼다. 새것을 자주 사지는 못했지만 물려받거나 얻어서 쓸 수 있으니 참 감사한 일이라고 배웠다. 엄마는 그런 것을 창피하게 여기지 않으셨고, 동사무소나 이웃이 나누어 줄 때 진심으로 고마워하셨다. 그리고 잊지 않고 말씀하셨다.

"너희가 크면 다 갚아야 한다"

그때는 동네마다 떠도는 거지들이 있었는데 이상하게도 부잣집은 가지 않으면서 우리 집은 꼭 들렀다. 그러면 엄마는 마루에 앉혀놓고 소반에다가 정성껏 밥을 차려 대접했다. 심지어 몇은 우리 집 아랫방에서 씻고 재워 보내기도 하셨다. 그래서 좁은 집이었지만 우리보다 더 형편이 어려운 사람들이 몇 달을 머물다 가기도 했다.

아버지도 살아 계실 때 뱀에 물린 사람들의 독을 잘 제거하셔서 여러 목숨을 건지셨다. 없는 형편에 굳이 주겠다는 사례비는 받았어도 되었을 텐데 한 번도 대가를 받거나 바라신 적이 없으셨다. 두 분 모두 정이 많고 착한 분이셨다.
"우리가 가진 걸로 나누는 건데 그럴 것 없다"

자식이 여섯이나 되니 엄마 친구분들 중에는 자기 집 반찬 하는 김에 조금 더 했다며 가져오는 분도 계셨다. 엄마는 그분들이 돌아가시는 길에 손에 산나물이며 약초를 들여 보내곤 하셨다. 그러니 엄마가 얼마나 부지런하셨는지 알 수 있다.
아마도 우리 집이 동네에서 연탄보일러가 가장 늦게 들어왔을 것이다. 바로 뒤가 산이어서 나무를 가져와 불을 땠는데 아이들이 올망졸망 손에 솔가지며 나무들을 끌고 내려올 때도 노랫소리가 끊이지를 않았다. 엄마는 우리에게 돌아가면서 노래 시키기를 좋아하셨다. 스스로도 노래를 즐기셨지만 우리로 하여금 생활 속에서 기쁨과 즐거움을 찾고 만들어 가는 법을 알려주고 싶었던 것 같다.

"이건 돈내기여 돈내기, 퍼뜩퍼뜩해"

적은 돈이라도 걸어놓으면 목적이 생겨서 더 신을 내서 할 거라고 기대하고 하신 말씀이겠지만 정작 돈을 주신 적은 한 번도 없었다. 그런 줄 알면서도 우리 역시 또 신이 나서 일손을 거들어 드렸다. 어렸지만 엄마의 일을 도와야 한다는 것은 여섯 자식 모두 잘 알고 있었다.

그러다가 아버지께서는 병을 얻어 일찍 돌아가셨다. 엄마 나이 마흔둘에 자식 여섯을 안고 다시 혼자가 되신 것이다. 얼마나 아득하고 까마득하셨을까? 착한 큰언니는 서둘러 일자리를 찾아 도시로 나갔고 고마운 작은언니와 순하고 순한 오빠도 대학 진학을 할 수 없었다. 고집이 센 내가 처음으로 대학생이 되었다. 그야말로 엄마의 뼈 빠지는 뒷바라지 덕분이었다. 가르치고 키우는데 엄마는 여념이 없었다. 계속되는 고된 생활 속에서 엄마는 얼마나 지치고 힘에 부치셨을까! 그렇지만 자라나는 우리들을 보며 엄마는 주저앉아 계실 수 없었을 것이다.

엄마는 객지에 있는 우리에게 밥을 먹고 다니라며 작은 통에 된장이며 반찬, 고춧가루부터 깐 마늘까지 담아서 택배를 보내주시곤 하셨다. 그 안에는 꼭 잊지 않고 손 편지를 써서 넣어주셨다.

"딸아, 밥은 잘 챙겨 먹고 다니나? 엄마는 항상 네가 잘하고 있다고 믿고 있다. 사랑한다. 우리 딸"

"너는 나의 보물이고 나의 자랑이다. 엄마가 잘해 준 것도 없는데 네가 행복하게 잘 살아줘서 엄마가 늘 고맙다"

이런 편지와 사랑을 받고 자란 우리가 잘못되거나 삐뚤어지지 않은 것은 지극히 당연한 일이었다. 그런 엄마가 이제는 돌아가시고 곁에 없다. 너무 일찍 하늘나라로 가신 엄마를 생각하면 가슴이 아프고 아리다.

'자식은 봉양하고자 하나 부모는 기다려 주지 않는다'는 문구가 애석하게도 나의 이야기가 되어버렸다.

"없는 사람을 보고 살고, 쓸데없는 욕심으로 애 끓이지 마라.
늘 감사하면서 살아라"
엄마가 평소 자주 하시던 말씀이다. 가족 사랑, 이웃 사랑을 실천하신 부모님의 가르침이 가슴에 새겨져있다. 부모님이 맺어주신 형제간에 서로 우애 있고 재미나게 지내는 것이 뒤늦은 효도라고 생각하며 살뜰히 보살피며 살고 있다. 모든 것이 은혜다.
우리 아빠, 우리 엄마, 감사합니다. 사랑합니다.

빈 집

삶은 살아내는 것
숱했을 시름을
노랫가락에 흩어버리시고

남에게 안 꾸는 것이 자랑이지
일터 가던 걸음이 어찌나 당당하던지요

어린 손 꼬옥 쥐고 무릎으로 딛고 서서
울 일도 크게 웃어넘기신 날 덕분에
여섯 꽃송이 어울지게 피었지요

하얀 구름 깃털을 가진
가을 파랑새야
휘이~ 휘
노래를 해 주렴
다함없는 사랑의 강물 위
너울너울 춤을 춰주렴

손에 닿지 않아도
마음에서 끊이지 않는 어머니

평안히 보소서
복스러운 열매를 맺어가는 우리를

– 엄마가 돌아가신 후, 빈 집을 다녀와서–

가끔은 나빴고 거의가 좋았다

우리가 살아가는 데 있어서 정말 소중한 것은 거의 공짜로 주어진다. 한순간도 없으면 안 되는 공기나 물, 햇빛, 바람과 같은 것을 누구나 그저 가질 수 있다. 나는 공짜로 주어지는 것 중에 하나인 '달'을 좋아한다.

특히 보름달을 좋아한다. 보름달이 뜨는 날은 좋은 일이 많이 일어났기 때문이다. 한 달 삼십 일 중에 완전한 보름달이 뜨는 날은 하루뿐이다. 하지만 그 하루를 제외한 많은 날은 달이 차오르는 중이라는 생각에 곧 좋은 일이 일어날 것이라는 기대를 갖게 된다. 문득 바라본 달이 설령 기우는 중이라고 해도 서운할 일은 아니다. 왜냐하면 달은 기울면 다시 차오른다는 것을 알기 때문이다. 달은 언제 보아도 좋은 것 같다. 많은 날을 달의 존재도 잊고 살지만 어쩌다 바라본 달이 보름달이면 나의 한 달은 가끔은 나빴지만 거의 좋았다고 여기게 된다.

보름달을 좋아하게 된 계기가 있다. 초등학교 6학년, 달이 나를 집까지 데려다주었다고 믿게 된 좋은 기억 때문이다. 어릴 적 엄마는 친구 집에서 밥을 얻어먹고 오는 것을 싫어하셨다. 그래서 밥때가 되면 항상 집에 와야 한다고 일러주셨다. 일부러 그런 것은 아니었는데 그날은 친구 집에서 저녁까지 얻어먹고 놀다가 나도 모르게 잠이 들었다. 깨어보니 새벽, 엄마의 불호령이 무섭기도 했고, 내 걱정을 하고 계실 것 같아 집으로 돌아가기로 했다.

대문을 열면 삐거덕 쇳소리가 나서 잠든 사람들을 깨우게 될 것 같아 대문 밑에 납작하게 엎드려 기어서 빠져나왔다. 시골 길이라 가로등이 없었고 멀리서 들리는 정체를 알 수 없는 산짐승 소리까지 더해져 무서웠다. 그 흔한 개 짖는 소리조차 들리지 않는 깊은 밤이었다. 이럴 때에는 냅다 달리는 것 외에는 방법이 없었다. 달리다 보니 어둑했던 길이 점점 달빛에 비쳐 눈에 들어왔고 멀찍이 우리 집도 보였다.

막상 집에 도착하니 엄마가 어떻게 나오실지 걱정되었다. 계속 주무시면 다행이지만 그게 아니면 크게 혼날 것이 뻔했다. 마당에 들어서서 하늘을 올려다보았는데 아까 출발하면서 '어떻게 가지?' 걱정하며 쳐다본 그 보름달이 우리 집 마당까지 따라와 있었다.

'달아, 여기까지 나를 데려다줬구나. 정말 고마워. 제발 엄마가 깨지 않고 계속 주무시게 해줄래? 다시는 늦게 다니지 않고 엄마 말씀도 잘 들을게' 달이 무슨 대단한 신도 아니고, 내 소원을 들어 줄 리 없겠지만 마음을 모아 기도했다. 그런데 정말 놀랍게도 엄마는 깨어나지 않으셨고 다음날도 생각보다 크게 혼나지 않았다. 그때부터 나는 보름달을 좋아하게 되었다.

달 떴다

허다한 말들이 잦아들고
바빴던 걸음도
이제 쉬자 하는 밤

달 떴다
어쩜 너 거기서
언제부터

화나고 화나서
따져 물을 이유가 많은
잠 못 드는 이 밤

숨죽이며
그저 측은한 빛으로
꾸준한 위로를 건네 온 너

오늘 밤 너는
차오르는구나!

때로 네가 가려져
보이지 않더라도
따스하고 환한 너를 기억할게

되었다
되었다
괜찮다

지금도 달은 내게 위로가 되고 힘이 된다.

저 시는 기대가 컸고 백 퍼센트 확신했던 일이 완벽하게 어긋나 실망하고 화가 나 잠을 이루지 못했던 밤에 썼다. 변함없이 위로가 되어주고 마음에 잔잔한 평안을 가져다주는 달에 관한 나의 애정이다. 지금은 달을 보며 기도하지는 않는다. 하지만 변함없는 그 존재에 감사하고 감동한다.

잔잔하고 변함없는 달과 같은 사람이 되고 싶어서 그런가 보다.

묵은 상처가 향기로워지려면

『상처에 대하여』라는 시에서 복효근 시인은 '잘 익은 상처에선 꽃향기가 난다'고 말했다. 누이에 대한 깊은 애정과 지긋한 바라봄이 낳은 시 같다. '자기를 향기롭게 보아주는 오빠가 있어서 저 누이는 좋겠다!' 시를 보고 가장 먼저 떠오른 생각은 누군가 나를 향기롭다고 여겨주었으면 좋겠다는 바람이었다. 그리고 연이어 나에게 질문이 생겼다.

'너는 너 자신을 어떻게 보고 있어?'

언제였는지 정확하게 기억나지는 않지만 나 자신을 어여쁘게 여기며 살아야겠다고 다짐했었다. 하지만 많은 날들은 그렇게 살지 못했다. 성급하고 지혜롭지 못했다. 성과에 조급증을 냈다. 있는 그대로의 나를 인정하지 못하고 스스로를 격려하거나 위로해 주지 않았다. 더 나은 모습에 대한 갈증은 늘 있었다. 특히 우리 아이들에게 믿는다고 말하면서도 마음으로는 끝까지 믿어주지 못하고 내 이해의 폭만큼만 이해했다. 남에게 상처를 입히기도 하고, 내가 입은 상처를 돌봐주거나 제대로 살펴보지 못한 것 같다.

그동안 미처 하지 못한 일이지만 지금부터라도 향기로운 나의 삶을 위해 내가 입힌 상처나 내가 입은 상처를 들여다보고 돌봐주려고 한다. 해가 좋은 날, 바람까지 선선하게 불어와 빨랫줄에 걸어놓고 이불의 먼지를 탈탈 털어내듯이 말이다.

시간 앞에서도 퇴색되지 않는 아름다운 관계를 위해, 상처가 잘 익기를 바라는 마음으로, 나의 허물과 상처를 조심스럽게 꺼내본다.

가장 먼저 내걸리는 것은 쉽게 말을 놓는 언어습관이다. 오랫동안 편안한 관계를 맺고 있는 선배님들만 보더라도 쉽사리 말을 놓지 않으신다. 무례하게 대하지 않고 존중하겠다는 뜻일 것이다. 그런데 나는 친근함의 표시로 말을 잘 놓는다. 쉽게 놓은 말이나 때 이르게 놓은 말 때문에 일을 처리를 하면서 말끝이 어정쩡해지고 어색한 경우가 종종 생기곤 했다. 상호 간에 말을 놓지 않는 것은 얼마간의 안전거리를 두겠다는 무언의 어떤 선일 수 있다. 그런데 나도 모르게 그 선을 성급하게 넘곤 했다. 서로 편안한 관계의 거리를 위해서라도 말을 놓는 데는 신중할 필요가 있다. 말은 우리가 입는 옷과 닮아서 단정하고 말끔한 옷차림을 한 사람에게는 좀 더 정중하게 되고 그의 언행까지도 더 신뢰하게 만든다. 마찬가지로 말은 격이 있어서 누구에게든 존중하는 말을 쓰고 높임말을 쓰도록 노력하겠다.

다음으로 내걸리는 것은 조급증이다. 신뢰의 관계를 이어가는 데 있어 가장 중요한 것은 일관성을 갖는 것이다. 만남에 있어서 그 사람의 반응이 어느 정도 예측이 가능해야 어떻게 대응할지 가늠할 수 있다. 하지만 이랬다저랬다 반응을 종잡을 수 없으면 불편하고 부담스러워 점차 어려운 만남, 꺼리는 관계가 될 수 있다. 그런데 성과를 빨리 보려는 욕심 때문에 나는 조급증을 낸다. 전체를 보고 일이 되어 가는 중이라고 생각하면서 흐름을 읽고 기다려야 하는데 그게 어렵다. 내가 이만한 성과를 냈다는 생색을 내거나 과시하고픈 마음에 다른 사람을 재촉하거나 스스로를 달달 볶았다. 하지만 이제는 그렇게 하지 않을 생각이다.

재촉하고 판단하는 것이 아니라 궁금한 것에 대해 물어볼 생각이다. 좀 어색하고 불편하더라도 오해 없이 제대로 이해하기 위해서는 당사자에게 알맞은 질문을 하는 것이 중요하다. 질문을 한다는 것은 관심이 있다는 뜻이며, 좋게 해결하고 싶다는 의도를 내포하고 있다. 저절로 알아지는 것은 거의 없다. 선입견이나 편견에 갇히면 선명하고 아름다울 수 있는 관계가 본래의 색을 잃고 퇴색될 수밖에 없다.

바쁘게 살아가는 세상에서 자신의 처지, 생각을 말하지 않는데 남이 어떻게 알 수 있겠는가? 나 자신조차도 누군가를 깊이 들여다보며 보살피지 못하는데 말이다. 먼저 알아주지 않는다고 섭섭해하는 마음과 나의 수고와 노력을 몰라준다는 억울한 마음을 미묘하게 섞어 의도하지 않은 상황이 만들어지곤 한다. 관계가 깊어지고 넓어지려면 질문을 해야 한다. 상대방에게든지, 나에게든지, 하늘에게든지 묻고 성찰하고 대답을 기다리는 시간이 필요하다. 질문과 대답을 하는 시간을 가지면 조급증을 내는 대신 전체를 바라보게 되고 방향을 알게 되어 마음의 평정심을 잃지 않게 된다. 그러면 자신에 대한 믿음이 쌓이면서 일관성을 유지할 수 있다.

가장 나중에 내다 걸리는 것은 크고 묵직하다. 바로 믿음이 부족한 것이다. 특히 우리 집 아이들에게 그렇다. 중, 고등학생으로 사춘기를 겪고 있는 아이들을 믿어주고 기다려줘야 한다고 지혜로운 선배들이 알려주었다. 책이나 인터넷으로 익힌 양육비법에도 믿음과 기다림에 대해 얘기하고 있어 비슷하게 흉내를 내어보기도 했다. 그동안 내가 해오던 양육방식은 몰이법이라고 해도 과언이 아니다. 도망갈 수 없게 하고 아이들의 사정은 변명에 불과하다고 여겼다.

그리고 내가 의도한 방향으로 아이들을 몰아왔다. 하지만 몰이법은 통하지 않게 되었고 우격다짐도 소용이 없었다. 그래서 하게 된 말이다.

'그래, 네 뜻대로 해. 엄마는 너를 믿어'

그러나 전적으로 믿지는 않는다는 것을 아이들도 아는 눈치이다. 아이들이 꾸물꾸물 어기적거리며 시간을 낭비하고 있는 것처럼 보여 답답하게 보일 때가 많았다. 그래서 믿는다는 말과는 달리 속으로는 끌끌 혀를 찼다.

어릴 적 부모님은 바쁘셨다. 진로에 적합한 자료를 찾아주지 않으셨다. 멘토가 될 만한 사람을 소개해 주지도 않으셨다. 그래서 불안했다. 하지만 그랬기 때문에 사람이 아닌 하늘에 기도할 수 있었고 도움을 받을만한 곳을 스스로 찾아다녔다. 그 과정에서 나름의 길을 찾게 되었다. 대화의 시간이 많아서도 아니었고, 충고나 조언을 해주어서도 아니었다. 믿음을 받았기 때문에 앞으로 나아갈 수 있었다.

아이들이 필요에 의해서 자발적으로 선택할 수 있기를 기다리기보다는 내가 나서서 해주려는 욕심이 컸다. 어떤 것을 더 해주지 못한 것에 안달내면서 아이들의 자립심을 통제해 왔음을 인정한다. 충분히 들어줄 마음의 시간이 없으니 어서 결과만 내어놓으라는 조바심을 냈다. 중3 막내 아들이 쓴 시가 지금의 내 모습과 아이들의 심리를 항변해 주고 있다.

빛을 좇아

신수호

아직 새벽인지
이미 깊은 밤인지
분간할 수 없는 시간

빈 광야에서 노숙하는 듯
혼자라는 두려움에 휩싸일 때

답이 선명하다는데
해결되지 않는 의문이 투성이다

어떤 날은 하루에 일 미터를 자라는 대나무였다가
다른 날은 죽은 듯 웅크린 바위손이 되기도 한다

4차 산업혁명의 소용돌이 속에서
불확실한 미래를 위해 저축할 것이
어떻게 공부뿐이겠는가

일부러 잎에 구멍을 내어 빛을 공유하는
라피도포라의 어리석은 모험과 도전을 보고 배우자

부족함을 다독거리는 시간과
혼란한 말을 들어주는 마음을 나누어 저축하자

꿈을 좇아 빛을 사냥하는 우리들
치명적 구멍으로 들이치는 빛이 아름답지 않은가

시 속에서 아이가 스스로 길을 찾을 때까지 기다려주지 못하는 성급한 엄마의 모습이 보였다. 선택을 강요하는 나에게 아이가 뱉은 말이다.
"모르겠어요"
"한 말에 대한 책임을 지지 않으려고 지금 회피하는 거냐?"
내가 설계한 길을 아이가 스스로 선택한 길이라고 확신할 수 있을 때까지 대화를 몰아가던 장면도 겹쳐졌다.

'왜 아이들을 믿지 못하고 불안해할까?'
그것은 지금의 모습을 보기 때문이다. 지금의 모습으로 아이의 미래를 예측하고 단정하기 때문이다. 지지와 격려라는 자양분이 있어야 스스로 더 멀리 뻗어나갈 수 있는데 그러지를 못했다. 이제 나는 일방적으로 훈계하는 말하기는 그만두겠다. 양적인 대화 시간을 늘리려는 노력 대신 언제든지 아이의 이야기를 들을 마음의 준비를 하겠다.

아이들에게

세상을 웃게 하고
견디게 하고
다시 일어서게 하는 너만큼
힘 센 것이
또 있을까

바라는 게 많아져
존재만으로 감사였던
첫사랑을 잊어가지만

그저 좋던
다시 좋은
너희만큼
신비한 무거움이
또 있을까

먼지떨이로 내 욕심을 탈탈 털고 쓴 시이다. 벼가 얼른 자라기를 바라는 마음에 아직 자라지 못한 이삭을 사람이 손으로 뽑아주면 그 벼는 열매로 속을 채우지 못하고 키만 큰 쭉정이 벼가 되고 만다. 아이들도 마찬가지다. 성에 차지 않는다고 나의 욕심과 바람으로 아직 때가 되지 않은 아이를 빨리 자라게 할 수는 없다. 더구나 아이가 벼가 되기를 원하지 않는데 벼가 되라고 강요할 수도 없는 노릇이다.

부끄럽지만 나는 우리 집 아이들을 키우면서 이삭 뽑기를 한 적이 있다. 또 벼가 되라고 강요한 적도 있다. 어리석은 일인데도 그것을 엄마의 정성이라고 믿었고 잘하는 방법이라고 여기기도 했다. 그러나 고분고분하던 아이들이 사춘기를 지나면서 자기 성격과 소질을 드러내는데, 이건 아니다 싶었다. 이제는 나와는 엄연히 다른 존재인 것을 받아들이고 있다. 다정하지만 엄격한 엄마가 되기를 바랐던 소망도 내려놓는 중이다. 믿어주고 기다리는 사람이 엄마라는 것만 기억하려고 애쓰고 있다.

우리 집 아이들 덕분에 나의 부족함도 깨닫게 되고 더 겸손해지게 되었다. 꿈틀꿈틀 거리며 자기 길 찾기를 하는 우리 아이들, 잘 될 수밖에 없고 흥할 수밖에 없는 아이들이다. 자기 삶을 사랑하며 스스로의 삶을 개척해서 살아갈 수 있도록 전적으로 믿고 기다리는 엄마가 되겠다. 향기롭고 어여쁜 이가 바로 우리 아이들임을 꼭 말해주고 싶다.
'잘 익은 상처에선 꽃향기가 난다'고 했다. 허물과 상처가 많은 엄마이지만 잘 익어가기를 소망한다.

이 글을 쓰는 동안 햇볕과 바람에 가슬가슬 잘 마른 내 마음을 훌쩍 걷어서 안으로 들이는 기분이 든다.

사랑은 대가를 지불한다

지금까지 살아오면서 많은 도움과 사랑을 받았다. 그런 도움과 사랑을 받을 수 있었던 것은 누군가 나보다 앞서 대가를 미리 치러줬기 때문이라고 생각한다. 부모님이나 친척, 형제나 이웃 또는 이름 모를 누군가가 베풀어준 시간과 정성, 물질과 마음이 있은 덕분이다. 어떤 부분은 미리 가불하여 받은 것일 수 있기 때문에 살면서 다른 이에게 갚아야 할 것이라고 생각한다.

부모님은 돌아가시고 안 계시지만 살아생전에 베풀어 주신 은혜로 지금 내가 여기 건강하게 살고 있음을 알고 있다. 부모님이 해주시는 모든 보살핌은 사소한 것이든 큰 것이든 희생과 헌신의 분자로 이루어져 있다. 한때 그것을 당연히 여기고 마땅히 그렇게 하는 것이라고 생각한 적도 있었다. 가끔은 다른 부모님과 은근히 비교하며 부족하다고 느끼기도 했다. 그러나 내가 엄마가 되고 보니 당연하고 마땅한 희생은 없었다. 살아가면서 사랑한다는 말은 쉽게 하지만 정작 이리저리 재고 예의상 하는 입바른 소리로 끝나는 경우가 많다. 그렇게 하면서 이미지 관리를 하고 소위 교양 있는 사람이 될 수도 있을 것이다. 하지만 진실된 마음이 없는 사랑은 공허하고, 공허함은 관계를 지속시키지 못한다.

대학생 때 강원도 양구로 친구 면회를 간 적이 있었다. 갑작스럽게 눈이 많이 내려 춘천까지 나오는 버스가 천천히 움직였다. 결국 대구 가는 막차를 놓치고 말았다.

주머니에는 교통비 밖에 없었고 밤이 되어 도움을 청할 때가 마땅치 않았다. 얼마나 당황스럽고 곤란했는지 모른다. 인터넷 뱅킹이 되던 시절도 아니고 카드도 없었으니 정말 어떻게 할 줄을 몰랐다. 그때 그 동네에 사는 어떤 군인으로부터 큰 도움을 받았다. 길을 묻는 나의 사정을 듣고 그가 자기 집을 내게 내어준 것이다.

자기는 친구 집에서 자면 된다고 하면서 내가 안심할 수 있도록 신분증을 보여주고 긴급하면 전화 걸 수 있는 번호도 적어 주었다. 자기 집 열쇠까지 내어주면서 잠자리를 봐주었다. 다음 날 아침, 고속버스 정류장을 갈 수 있는 약도도 그려주고 아침을 먹을 수 있도록 얼마의 돈도 내어 주었다. 물론 불안해서 제대로 잠을 잘 수는 없었지만 안전하게 첫 차를 타고 무사히 대구로 돌아올 수 있었다. 그의 이름과 전화번호를 메모해 둔 종이를 들고 나오지 않아 미안하게도 그에게는 빚이 남아있다. 그의 도움이 없었다면 어떤 곤란한 일을 겪었을지 모를 일이다.

나도 작은 선의를 매일 베푸는 사람이 되기 위해 노력할 것이다. 부모님의 은혜를 갚을 길은 이제 없으나 가족과 이웃에게 나누며 살아갈 수는 있다. 같은 맥락에서 다른 사람이 나를 위해 내는 시간과 마음 씀씀이도 소중하게 받고 감사하며 살아가겠다. 일상 가운데서 받는 뜻밖의 도움과 사랑은 삶에서 기쁨이 되고 새로운 힘이 솟아나게 한다. 선의를 실천하는 것은 작은 고리를 다른 사람과 연결하는 것과 같다. 그 고리는 다른 데로 또 걸리고 그러면서 점점 더 커지게 된다. 선의를 받는 입장에서는 은혜를 잊지 말고 기억해야 한다. 또한 베푸는 입장에서는 대가를 바라지 않고 나를 통해 선이 흘러갈 수 있도록 힘써야 한다.

고귀하라.
친절하라.
선량하라.

「괴테의 말」 중에서

사랑, 그 사랑

아이들이 가르친 교사

나는 초등학교 교사다. 20년 교직에 있으면서 행복했던 일과 가슴이 벅차 눈물이 날 만큼 고마운 일이 많았다. 그만큼 아이들에게 잘못하고 아프게 한 일도 적지 않을 것이다. 그래서 미안하고 부끄러운 마음이 크다. 지금의 교사로서의 내가 되도록 한 것은 그동안 쌓인 연륜 덕분이 아니다. 연수나 연구를 많이 해서도 아니었다. 그것은 아이들이 나에게 준 사랑과 관심이다.

어릴 적 내 꿈은 농산물 도매업자 되는 것이었다. 부모님께서 애써 지은 농작물이 터무니없이 낮은 가격에 거래되는 것을 보고 속이 상했었다. 그래서 자라서 농민에게 도움이 되는 직거래 센터를 크게 만들겠다는 꿈을 가졌었다.

그러던 내가 교사가 되어야겠다고 마음을 바꾸게 된 것은 중학교 3학년 때였다. 우리 마을로 농촌봉사활동을 온 고려대학교 언니, 오빠들을 만나고 나서였다. 그들은 우리에게 노래와 율동, 공부를 가르쳐주면서 대학 생활에 대한 꿈을 꾸게 해주었다. 그래서 어머니께서 가라고 하셨던 실업계 고등학교를 가지 않고 인문계 고등학교로 진학을 하였다. 엄마는 아버지께서 돌아가셨으니 실업계 고등학교에 가서 일찍 취업하기를 원하셨다. 그러나 끝내 인문계 고등학교를 선택한 나에게 서운함을 감추지 않으셨다. 지금이라면 장학금을 받아 가며 공부한 딸이 대견하다고 해주셨겠지만 그땐 아니었다. 어려운 형편에 대학교로 진학한 딸을 마음껏 축하도 못 해 주는 그 심정이야 오죽했겠느냐만은 철이 없던 나는 무어라 나무라시는 엄마가 섭섭했었다.

고등학생 때 가정 형편이 어려워 사실 대학 진학은 꿈도 못 꿨다. 나의 진로가 안개 속이었던 고3, 담임이셨던 정희재 선생님은 다시 한번 내가 교사가 될 수 있도록 공부에 불을 지펴주셨다. 따끔한 충고도 아끼지 않으셨다.
"해보지도 않고, 준비도 해놓지 않고 기회가 오지 않는다며 남 탓만 하겠냐? 염세적인 사람이 되지 않으려면 부지런해져라. 조금이라도 매일 하는 그 공부가 너를 이끌어 줄 것이다"

내 책상 위에 교사용 문제집이며 참고서를 쌓아두기도 하셨다. 그 덕분에 나는 고3이 되어서 뒤늦게 공부를 시작할 수 있었다. 계절이 어떻게 변하는지, 학교에서 하는 큰 행사로 뭐가 있는지도 모른 채 정말 공부만 했었다. 그해 처음 시행된 수학 능력 시험은 그동안 틈만 나면 도서관에서 읽어 댔던 독서 덕분에 유리했고 운이 좋게도 성적도 잘 나왔다.

여러 선생님들의 말없는 후원과 가르침, 교회 교인들의 기도 덕분에 나는 교육대학교로 무난히 진학을 했다. 교대를 다닐 때 만약에 내가 선생님이 된다면 공부를 잘 못하는 아이, 가정 형편이 어렵고 자존감이 낮은 아이를 더 사랑해 줘야겠다고 생각했다. 먼저 다가가주고 격려해 주는 다정한 선생님이 되겠다는 다짐도 했다.

하지만 마음과는 달리 현직에 선 나는 서툴렀고 열정만 앞섰다. 표현 방식이 내 방식이라 아이들에게 잘 받아들여지지 않았고 그걸 또 서운해하기도 했다. 겉으로 드러난 아이의 행동만을 보고 섣불리 판단해 실수 연발이었다. 그리고 현장은 수업 외에도 해야 할 업무가 많았다. 교대에서 배우지 못한 업무처리를 하느라 여념이 없었다. 잘 모르는 일인데도 보란 듯이 일처리를 해내고 싶은 욕심이 있었다. 일 처리가 급하다 보니 정작 교실의 아이들은 보이지 않았고 자세히 들여다보고 보살펴 주지 못했다.

아이들이 하는 말의 행간을 읽지 못했고 드러나지 않는 눈빛이나 마음 변화는 관심 밖이었다. 그래서 선생님에게 받아들여지지 못한 동심이 많았을 것이다. 특히 기억에 남는 세 아이가 있다.

첫 아이는 초임지였던 경북 영천에서 만났다. 보현산 인근의 학교였는데 학구가 아주 넓었다. 나의 어릴 적 모습과 닮아있던 아이의 집도 외진 곳에 홀로 있었다. 동네별로 가정방문을 돌고 나니 벌써 저녁 7시가 넘었다. 초보운전이었던 나는 어둑한 초행길 운전이 부담스러워 내일 올까 하고 잠시 망설였다. 하지만 금방 마음을 고쳐먹고 아이의 집으로 갔다. 조심 조심 아이의 동네 어귀로 들어서는데 큰 느티나무에서 총알처럼 튀어 나와 내게로 달려왔다. 나를 기다리고 있었던 것이다. 마을 공터에 주차를 하고 걸어 아이 집으로 갔다. 방 청소도 해놓고, 선생님 오신다고 물도 한잔 컵에 따라 둔 게 보였다. 부모님은 한창 농사철이라 아직 귀가 전이라고 했다.
"배 안 고파? 라면 끓여줄까?"

남의 집에서 아이와 라면을 끓여서 먹고 돌아왔다. 나의 첫 가정방문은 그렇게 아주 늦게 끝났지만 기뻐하는 그 아이를 보고 그날 가기를 정말 잘 했다고 생각했다. 얼마 후 스승의 날이 되었다. 그때만 해도 있는 집 아이들은 선물을 들고 와 인사하기도 했었다. 여느 날처럼 아이들이 가고 난 뒤 교실 청소를 하다가 그 아이의 책상 서랍에서 은박지로 꽁꽁 싼 들장미 몇 송이를 보았다. 하도 만지작대서 은박지가 뜯어져 있었고 꽃은 생기 없이 축 처져 있었다. 하루 종일 이걸 언제 선생님께 드려야 하나 고민했을 것이다. 언젠가 나도 선생님께 꽃을 드리고 싶어 야생화를 위험한 바위까지 올라가 끊어서 갖다 드린 적이 있었는데, 선생님은 이렇게 말씀하셨다.

"왜 예쁜 꽃을 여러 사람이 보도록 두지 않고 꺾어왔니?
앞으로는 그러지 마라."
여러 친구들 앞에서 핀잔을 주신 선생님이 야속했던 기억 때문인지 어떻게 해서든지 그 꽃을 살리고 싶었다. 얼른 가위를 가져다가 밑을 좀 잘라내고 식초를 두어 방울 타서 꽃병에 꽂아 두었다. 다음날 고개를 든 들장미 꽃병 앞에서 배시시 웃던 그 아이의 웃음으로 교실이 환했던 기억이 지금도 내 가슴을 따뜻하게 한다.

두 번째 아이는 6학년 담임을 하며 만난 아이다. 입학하고 6학년이 되는 그때까지 학교에서는 단 한마디의 말도 한 적이 없는 선택적 함묵을 가지고 있었다. 그게 도대체 가능할까 싶었지만 아이가 살아가는 방법은 있었다. 오히려 모둠 활동할 때에 그 아이는 인기가 있었다. 모든 아이들의 이야기를 들어주고 자기주장은 하지 않으니 활동하기에는 편했던 것이다. 겁이 너무 많아서 자주 울었는데 울음소리가 기괴했다. 흡사 짐승의 고통스러운 비명 같았다. 특히 하기 싫은 일을 억지로 시키거나 지나치게 긴장이 되면 울었다. 마침 나는 그때 교육대학원에서 상담 심리를 전공하고 있었다. 내가 하는 방법이 올바른 것인지 궁금해서 특수교육학과의 학과장님께 전화로 상담을 했었다.

"무엇을 하든 그 아이에게 아무것도 하지 않는 것보다는 좋습니다. 해보십시오. 아이를 믿고 함께 한다고 생각하고 해 보십시오"

방과 후에 하는 24회기의 상담계획을 세웠다. 주로 물과 풀, 그림, 찰흙, 공, 과자 등의 매개를 이용한 상담이었다. 내가 하는 일이라고는 친구처럼 같이 놀아주는 것이었다. 상담 막바지에 이르러서야 부모님과의 상담이 성사되었다. 어릴 적 아이에 대한 기대가 너무 커서 조기교육을 과도하게 시켰다고 했다. 시어른과의 갈등 때문에 남보란 듯이 아이를 키우고 싶어 아이를 자주 다그쳤다고 했다. 아이가 공부를 못하는 것이 마치 자신의 잘못처럼 느껴져 가만히 두고 볼 수 없었다고 했다. 아이는 엄마를 실망시키느니 차라리 말을 하지 않겠다고 선택한 것 같았다. 집에서는 춤도 추고 노래도 크게 따라 부르는 수다쟁이라는 말을 믿을 수 없었다.

아이가 약속된 착한 행동이나 용기내어 자발적으로 어떤 행동이나 말을 할 때마다 칭찬 스티커를 주었다. 기간 동안에 아이가 모은 칭찬 스티커가 한 판이 다 찼다. 스티커 판을 모두 채우면 '선생님과 외식하기'로 약속되어 있어서 대학가의 피자집으로 갔다. 아이는 샐러드 바에서 먹거리를 챙겨 왔다. 다른 사람과도 몇 마디 자연스럽게 주고받는 정도가 되었다. 나의 서툰 솜씨와 아이를 위하는 마음이 받아들여져서 기쁘고 고마웠다.
"사이다 주세요"
"우리 사진 좀 찍어주세요"
"스마일"

"눈앞에 아이만 보자"
상담이 이루어지던 그때 교실의 컴퓨터 모니터 위에 적어둔 문구이다.

그 아이에게 집중하려고 했고 마음을 살피기 위해 노력했다. 좀 더 일찍 승진이나 업무 성과에 대한 욕심을 내려놓았더라면 하는 아쉬움이 있다. 반에 있는 아이들의 이야기를 조금 더 들어줄 수 있었을 텐데. 모든 승진한 교사가 나처럼 미숙하지는 않았을 것이다. 다만 나는 그랬다. 내 눈앞에 있는 아이들 제대로 보지 못한 날들이 많았음을 고백한다.

어머니마저 돌아가시고 나자 마음이 헛헛했다.
그래서 새로운 연수를 찾아 들었다. 그러던 중에 [행복 나눔 125운동 본부]에서 하는 '100감사 쓰기'를 알게 되었다. 우리 반 학급경영의 내용 중 한 가지가 '100감사 쓰기' 활동이었다. 대상을 정해 그분께(또는 그 무엇에게든) 100가지의 감사한 것을 종이에 써서 전해 드리는 것이었다. 나도 돌아가신 어머께 써 본 적이 있고 내 곁의 소중한 남편에게도 써 본 적이 있어 쓰는 사람이나 받는 사람이 얼마나 큰 감동을 받는지 잘 알고 있었다. 역시 반 아이들이 쓴 100감사에 부모님들의 반응은 폭발적이었다. 부모님과의 관계도 좋아졌고, 아이들도 학년말에 의미 있는 학급 활동으로 꼽기도 했다.

그 해 졸업식을 하던 날 세 번째 아이가 수줍게 편지 한 통을 내밀었다. 바로 두루마리에 적은 기다란 '100감사 편지'였다. 얼마나 놀랐는지 모른다. 내가 특별히 그 아이에게 잘해준 것도 없었는데 이렇게 과분한 선물을 받아도 되나 싶었다. 정말 깊이 들여다보고 두고 살펴보지 않으면 어느 한 사람에게서 100가지의 감사 거리를 찾는다는 것은 여간 어려운 일이 아니다. 그래서 더 감동이 컸다. 보통의 정성과 사랑이 없으면 할 수 없는 일이다. 정말 죽는 순간까지도 잊지 못할 감동의 선물을 그 아이가 나에게 해 준 것이다.

나는 지금 내가 현직에서 아이들과 만나고 있다는 사실에 감사한다. 나를 믿고 학교로 오는 희망찬 아이들이 있다는 것에도 감사한다. 교사가 미치는 영향력이 미미하다고 할지라도 사랑 한 조각, 격려 한 조각을 내게서 얻고 아이들이 집으로 돌아가고 사회로 나아간다면 나는 정말 행복하고 기쁜 삶을 사는 중이라고 믿는다. 교사로서의 나를 있게 한 원동력은 아이들이 나에게 준 관심과 사랑이다. 여전히 부족한 모습이지만 그 고마움을 알기에 조금 더 노력할 것이고 연구도 게을리하지 않을 것이다. 건강하고 활기차게 생활할 수 있도록 나 자신도 가꾸면서 퇴직하는 마지막 그 날까지 눈앞의 아이를 바라보는 교사가 될 것이다.

교사는 한 번에 한 아이를 바꿈으로써 세상을 바꾼다.
비록 무엇 하나 마음대로 할 수 없는
시스템 안에 놓여있을지라도
교사라는 존재와
그 교사의 진심에 의해 변화되는 아이들이 분명히 있다.
그래서 교사들은 모두 '체인지 메이커'이다

「긍정의 힘으로 교직을 디자인하라」 중에서

good-god=0

good-god=0

'세상에서 아무리 좋은 것(good)을 얻었다 할지라도 하나님(god)이 없으면 아무것도 아닙니다. 그러나 아무것도(0) 아닌 삶일지라도 하나님(god)만 계시면 좋은(good) 것입니다'라는 뜻이다.

good-god=0.

이것은 사랑하는 엄마를 하늘나라로 보내면서 깨달은 것이다. 갑자기 하나님 이야기? 하고 의아해할지도 모르겠다. 하지만 분명한 것은 내 삶의 초점이 하나님께로 맞춰졌다는 것이다. 어렸을 적에 다니던 교회는 성인이 되고 난 후엔 다니지 않게 되었다. 그러면서 자연스럽게 하나님은 잊고 지냈다. 그래도 아무 문제 없어 보였고 그동안 괜한 죄책감과 두려움을 품고 살아왔다는 회의감마저 들었다. 그러다가 어떻게 다시 내 삶의 초점이 하나님께로 맞춰지게 되었을까? 마무리로 그 이야기를 하려고 한다.

마흔두 살에 여섯 아이를 끌어안고 다시 혼자가 된 엄마의 고생은 이루 말할 수 없다. 그렇게 예순일곱 살, 이제는 좀 편안히 여생을 보낼 나이가 되셨고 남들 사는 것처럼 살아볼 수 있을 정도로 자녀들도 모두 잘 자랐다. 그러나 엄마는 예순일곱 살에 홀연히 하늘나라로 떠나셨다.

살아계신 동안에 술 한 번 취한 적 없고 담배나 도박에 빠지지도 않으셨다. 동네 사람 누구와도 시비 붙지 않으셨고 게으름도 피우지 않으셨다.

형편이 좋지는 못했지만 엄마는 늘 유쾌하고 즐겁게 사셨다.

말장난을 좋아하셨고 어지간하면 웃고 넘기셨다. 잠자는 우리 얼굴을 연신 쓰다듬어 주시는 사랑이 많은 분이셨다. 트로트를 좋아하셔서 테이프가 다 늘어나도록 틀어 놓고 흥을 돋으며 둘레둘레 우리 손을 잡으며 즐거움을 느끼셨다. 때때로 무슨 타령을 작사해서 속마음을 노래로 풀어내면서 지혜로운 삶을 살아내셨다.

내가 재혼해서 세 아이를 둔 엄마가 되고 보니 우리 엄마가 남몰래 흘린 눈물도 많았겠구나 하는 생각이 들었다. 하지만 한 번도 엄마는 우리 앞에서는 큰 소리로 우신 적이 없으셨다. 그래서 더욱 대단하게 느껴진다. 그런 당당한 엄마가 계셨기 때문에 걱정하는 마음 없이 엄마라는 울타리 안에서 우리는 안전하고 행복하게 자랄 수 있었다. 그런데 지금은 그런 엄마조차 하늘나라로 가셨으니 우리 형제는 영락없는 고아가 된 셈이다. 다 큰 어른인데도 울컥울컥 서러움이 올라오고 잘해 드리지 못한 후회가 밀려와 울음이 터지곤 한다.

돌아가시기 전 엄마가 6개월 동안 다니셨던 교회는 내가 어릴 적에 다녔던 교회다. 뇌졸중 수술 이후에 거동이 불편해져 예배 중에 혹시라도 화장실 갈 일이 생길까 봐 아침을 거르고 교회에 가신다고 하셨다. 주일에는 일찌감치 일어나 교회 갈 준비를 하고 집 앞까지 나가 교회 차를 기다리셨다. 그러다가 어느 날 엄마 집에 불이 났고 미처 그 불을 피하지 못해 심한 화상을 입으셨다. 깊은 화상 탓에 엄마는 결국 폐렴으로 돌아가셨다. 감당치 못할 시험은 주시지 않는다고 하나님이 말씀하셨는데 끝내 엄마는 우리 곁을 떠나셨다.

엄마가 돌아가시기 삼일 전의 일이다.

화상 병원 보호자실에서 혹시라도 엄마가 돌아가실까 봐 무서워서 나는 하나님께 기도를 드리고 있었다. 기도는 점점 울부짖음으로 변했고 원망과 두려움으로 가득 차게 되었다.

"하나님, 이제 우리 엄마를 어쩌실 겁니까? 평생 하나님 모르다가 이제 겨우 전도 받아서 교회에 나갑니다. 아직 세례도 받지 못한 초보 신자입니다. 하나님, 살아계신 하나님, 주기도문을 벽에 써 붙여놓고 어떻게든 외워 보려고 애쓰던 엄마입니다. 순전한 믿음을 가진 하나님의 불쌍한 딸 아닙니까?

오랫동안 좋아했던 트로트 대신에 주야로 찬송가를 틀어놓고 따라 배우던 엄마입니다. 하나님이 아시지 않습니까? 그러니 낫게 하여 주십시오. 하나님은 전능하시니까 반드시 그렇게 해주셔야 합니다.

그동안 잘 살아오다가 갑자기 하나님 믿어서 벌받았다는 소리를 우리 가족들이나 동네 사람들이 함부로 말하지 못하도록 하나님이 살려 주셔야 하지 않습니까? 하나님은 전능하시니까 하나님이 살아 계시다는 증거를 엄마를 통하여 보여주십시오.

제가 잘못 살아서 벌주려고 이러시는 겁니까? 그러면 저를 벌주십시오. 혹시 우리 엄마가 그동안 하나님 모르고 살았다고 벌주려고 하시는 것입니까?

그러면 용서해 주십시오.

그래도 하나님, 우리 형제들과 우리 엄마를 불쌍히 여겨 주십시오. 하나님이 우리 엄마를 정말 사랑하신다면 살려주십시오, 제발 살려주십시오"

한참을 기도하던 중에 마음속에 이런 확신이 들었다.

"하늘에 예비된 처소가 있다. 엄마에게는 삼일의 시간이 있다. 하지만 사랑하는 딸아, 두려워하지 마라. 다만 아버지가 하시는 일을 보라"

다음날 나는 형제들을 모두 병원으로 모이도록 했다. 엄마에게는 삼일의 시간이 주어졌다고 말했다. 그러면서 엄마를 댁으로 모시자고 했다. 하지만 당시에는 엄마 말고는 아무도 하나님을 믿지 않았다. 당장 산소마스크를 떼면 오늘이라도 돌아가실 거라며 반대를 해서 집으로 가지는 못했다. 엄마가 좋아하셨던 새로 이사한 집은 동네의 한 가운데 있는 장미나무가 있고 마당에 잔디가 푸른 예쁜 집이었다.

이후 엄마는 기적처럼 의식이 돌아오고 컨디션이 좋아지셨다. 산소마스크를 떼고 몇 마디의 말씀도 나눌 정도로 호전이 되었다. 형제들은 기뻐했고 엄마를 일반실로 옮길 수도 있겠다는 희망을 가졌다. 하지만 셋째 날 아침에 엄마는 검은 옷을 입은 사자가 문 앞에 와 있다고 했다. 나는 지금의 시어머니께 전화를 드렸다. 중환자실이 시어머니와 엄마의 상견례 자리가 된 것이다. 교회 권사님이신 시어머니는 엄마를 안고 한참을 기도해 주셨다.

"사돈, 예수님 손 꼭 잡고 가세요. 다른 것 잡지 말고요. 무서워할 것 없어요. 예수님 손만 꼭 잡고 가면 됩니다"

엄마는 눈물을 흘리셨다. 그리고 그날 밤 병원 측의 특별한 배려로 중환자실에서 모든 형제와 조카들까지 빙 둘러서서 목사님과 함께 마지막 예배를 드릴 수 있었다.

마지막 순간에는 화상의 고통으로 일그러졌던 엄마의 얼굴이 목련 꽃처럼 환하게 펼쳐지는 것을 모두 볼 수 있었다. 어두웠던 엄마의 얼굴에서 환한 빛이 났다. 우리들은 돌아가면서 엄마를 안고 볼에 뽀뽀하며 사랑한다고, 우리 엄마여서 너무너무 감사하다고 울면서 마지막 인사를 나누었다.

우리가 알거니와 하나님을 사랑하는 자 곧 그의 뜻대로 부르심을 입은
자들에게는 모든 것이 합력하여 선을 이루느니라(로마서 8장 28절)

그런데 놀라운 일은 엄마가 돌아가신 그때부터 일어났다. 형제들이 하나,
둘 조카들을 데리고 주일을 지켜 교회로 나아가기 시작한 것이다. 하나님이
믿지 않던 형제들에게 찾아가 믿음을 허락해 주신 것이다. 형제들 마음에
엄마의 천국행을 확신하는 믿음도 주셨다. 엄마를 이 땅이 아닌 하늘나라
에서 고통 없이 영원히 살게 해 주신 것이라는 믿음 말이다. 하나님을 알지
못했다면 알 수 없었을 평안과 천국에 대한 소망을 주셨다. 고아처럼
우리를 내버려 두지 않고 성령님과 함께 더불어 살아가는 삶을 알게 해
주신 것이다. 그뿐만 아니라 여섯 형제가 더욱 우애있게 지내고 아낌없
이 섬기는 마음도 선물로 주셨다. 일터와 가정에서, 사람들과의 만남에서
하나님의 사랑을 나누며 살아가려는 마음이 들도록 해주셨다. 또 감사하고
기뻐하며 겸손하게 살아가려는 마음까지 선물로 주셨다고 생각한다.

엄마가 돌아가신 그해 겨울 나는 건강검진을 받았다. 그런데 내 머리
가운데서 뇌수종이 발견되었다. 또 뇌 뒤쪽에서 위축이 함께 일어나고
있다는 결과가 나왔다. 깜짝 놀라고 무서웠지만 재검 결과 뇌수종이 있다
는 것 자체는 크게 문제 될 것이 없다고 했다. 뇌 위축 또한 계속적으로
일어나는 게 아니라면 죽을 때까지 큰 영향을 받지 않을 것이라고 했다.
아직 어린아이들을 생각하니 무섭고 두려웠다. 하지만 엄마가 돌아가시고
난 후에 얻게 된 당뇨와 뇌수종은 하나님의 선물이라고 생각하고 있다.
왜냐하면 당뇨 덕분에 그동안 소홀했던 건강을 좀 더 보살피게 되었다.

뇌수종과 뇌 위축은 승진을 해보겠다는 분주한 마음을 내려놓게 하였으며, 하려고 하면 무엇이든지 다 이룰 수 있다는 교만한 마음도 내려놓게 하였으니 말이다. 내 뜻대로, 내 마음대로 살기보다 하나님이 내게 원하시는 삶이 무엇인지를 살펴보게 되는 계기가 된 것 같다.

김창옥 교수가 어느 강연에서 인생을 고스톱에 비유하면서 고스톱을 잘 치는 비법 세 가지를 이야기하였다. 먼저는 '앞 패'가 좋아야 하고 다음으로 '기술'이 있어야 한다고 했다. 그리고 마지막으로 '뒤 패'가 잘 맞아야 한다고 했다. 그러면서 이 '뒤 패'를 '하나님이 주시는 은혜'라고 표현했는데 비유가 우습지만 참 적절한 표현이라고 생각한다. 내가 애쓰고 노력하지 않아도 얻어걸리는 '뒤 패'는 순전히 은혜라고 생각하면서 평생 감사하는 삶이 되기를 소망해본다.

여러 일을 겪으면서 나는 비슷한 처지에 있는 사람들을 돌아보게 되었고 작게라도 실질적인 도움을 나눌 수 있는 환경을 만들어가고 있다. 앞으로도 나의 삶에서 사랑이 메마르지 않고 샘솟기를 기도한다. 그리고 세상에 하나님을 전하는데 작은 보탬이라도 되기를 바란다. 혼자 힘으로는 할 수 없지만 하나님과 동행하면 더 쉽게, 더 즐겁게 살 수 있다는 삶의 영업 비밀을 알게 되었으니 good-god=0, 이것이 내게는 대박이다.

지금 내 곁에 사랑하는 남편과 세 아이가 풍성하게 사랑을 나누고 살고 있으니 얼마나 감사한지 모른다. 학교에서 만나는 아이들과 학부모님, 이웃들과의 만남 속에서 칭찬하고 격려하며 한 번이라도 더 웃음을 전해줄 수 있기를 희망해본다.

꽃이 지고

잠깐 멈춤도
머무름도 없는 삶
꽃도 다만 흔들리며 피어난다

지름길로 달려와 먼저이든지
에움길로 걸어와 나중이든지
축제 가운데이든
외롭게 홀로 앉아 피었든
모든 꽃은 오롯하다

하늘 향한 꽃잎은
광야에서 부르는 다윗의 찬양이어라

꽃 진다고 삶이 지는 것 아니고
하늘에 닿기까지 그 찬양은 끝이 없어라

꽃이 지고
높은 자리에 있던
내 마음도 따라졌다

나를 익히는 시간

최선경

경북대학교사범대학부설중학교 영어 교사이자 고래학교 교장.
교사성장학교인 '고래학교'를 통해 '체인지메이커 교육',
'디퍼러닝'을 전파하고 있다. 지은 책으로 『체인지메이커
교육』(공저), 『긍정의 힘으로 교직을 디자인하라』
옮긴 책으로 『프로젝트 수업 어떻게 할 것인가』, 『디퍼러닝』
등이 있다.

블로그 https://blog.naver.com/dntjraka75

프롤로그

나는 무엇을 할 때 빛나는 사람인가?
무언가를 자율적으로 할 때
꾸준하게 실천할 때
배움을 이어나갈 때
누군가에게 도움을 줄 때

내 삶을 풍요롭게 하는 이들은 누구인가?
부족함을 채워주는 남편
진정한 어른이 되게 하는 아들
나를 설레게 하는 고래학교 친구들

나는 어떤 사람으로 기억되고 싶은가?
누군가에게는 그리운 사람
따뜻하고 친절한 사람

프롤로그

2015년 나만의 플랫폼에 수업의 흔적을 남기고 싶어 블로그를 시작하게 되었다. 그즈음 몇 가지 말이 나를 자극했다. 남이 만들어 놓은 곳이 아닌, 내가 놀 수 있는 놀이터는 직접 만들어 그곳에서 놀아야 한다, 정보를 소비하는 입장에서 생산하는 입장으로 바뀌어야 한다는 등의 이야기였다.

초창기에는 그날 있었던 수업 과정을 적으며 성찰하고 수업 자료를 나누는 것이 대부분이었다. 몇 년 사이 블로그 이웃수가 많이 늘었다. 블로그를 통해 수업 사례를 여기저기 공유하게 되고 번역서도 출간하게 되었다. 번역을 하면서 나에게 필요한 것은 영어실력이 아니라, 한국어 실력이라는 것과 글쓰기 능력이 부족하다는 사실을 뼈저리게 깨달았다. 생각대로 표현되지 않으니 답답했다. 이런 답답함을 극복하고 싶어 글쓰기 강의를 찾아봤다. 대구에서 하는 강의가 그리 많지 않았다. 간절히 원하면 이루어진다고 하는데, 그 마음이 통했는지 대구에서 활동하고 계시는 작가님 두 분을 알게 되었다. 2018년 5월경 이○○ 작가님이 하는 글쓰기 강연을 듣고 몇 개월에 걸쳐 초고를 완성했다. 에세이를 쓰는 것은 번역이나 수업 사례집과는 또 달랐다. 퇴고를 하면서 그동안 책 쓰는 것을 너무 쉽게 생각하지 않았나 하는 반성도 했다.

우여곡절 끝에 얼마 전 「긍정의 힘으로 교직을 디자인하라」 라는 이름으로 책이 출간되었다. 나를 '작가님'이라 부르는 분들도 있다. 그런데 내가 작가가 될 자격이 있는 건지, 지금도 내가 글쓰기를 잘한다는 생각은 들지 않는다.

2018년 연말, 성과도 많았지만 이유를 알 수 없는 헛헛함이 느껴졌다. 내 기준에 맞춰 내 속도에 맞춰 지내온 것이 아니라 다른 사람들의 기대에 맞춰 바쁘게 달려온 느낌이었다. 사실 2018년 1월 윤슬 작가님의 공저쓰기 수업을 신청하였지만 절대적인 시간 부족으로 취소했었다. 그러다가 연말에 윤슬 작가님을 다시 찾았다. 공감 카페가 나에겐 아지트 같은 느낌이었고, 작가님이라면 뭔가 중심을 잡아주실 것 같다는 생각에 무턱대고 찾아갔다. 역시 내가 듣고 싶던 말들을 들을 수 있었고 마음의 위안을 얻고 돌아왔다.

2019년 용기 내어 다시 한번 공저쓰기에 도전한다. 나의 개인적인 목표는 책을 내는 것보다는 글쓰기 실력을 향상시키는 데 있다. 내 생각을 글로 잘 표현하고 싶다. 글로 다른 이들에게 감동을 주고 싶다.

글을 쓰면서 남이 정한 기준이 아닌 내가 정한 기준대로 내 속도에 맞게 살아가는 법을 터득하고 싶다. 윤슬 작가님처럼 나도 글을 쓰고 싶다.

책을 쓰는 과정이 나를 솔직하게 표현하고 나 자신을 찾아가는 과정이었으면 좋겠다. 때로는 오지랖 넓고 수다스럽고 도전을 즐기지만 때로는 한없이 소심하고 귀가 얇아 갈팡질팡하는 나를 있는 그대로 받아들이는 과정이었으면 한다. 그래서 이 글쓰기 과정을 '나를 익히는' 과정이라 이름 붙이고 싶다.

내가 어떤 사람인지, 나를 둘러싸고 있는 이들은 누구인지, 앞으로 어떻게 살아가고 싶은지, 생을 마감할 때 어떤 사람으로 기억되고 싶은지, 하나씩 정리해 보려고 한다. 이런 과정을 통해 더욱 '소신'있고 당당하게 살아갈 수 있기를, 있는 그대로의 나를 인정하고 주어진 상황에 만족하며 감사한 마음으로 살아갈 수 있기를 진심으로 소망한다.

나는 무엇을 할 때 빛나는 사람인가?

무언가를 자율적으로 할 때

'나는 어떨 때 흥이 나는 사람일까?'
생각해 보면 주도적으로 무언가를 하고 그것이 누군가에게 도움이 된다는 피드백을 받았을 때 나는 흥이 났다. 어쩌면 이런 성향은 타고난 것인지도 모르겠다.

"너 방 꼬라지가 그게 뭐니? 청소 좀 해라!"
청소를 하려고 빗자루를 드는 순간, 엄마가 잔소리를 시작하면 들고 있던 빗자루를 손에서 놓아버렸다. 그러고 보면 학창시절 엄마에게서 '공부 좀 해라!'는 잔소리를 별로 들은 적이 없다. 누가 시켜서 하면 싫어하는 내 성향을 알기에 엄마가 그냥 내버려 두지 않았나 싶다.

어릴 적 피아노를 배울 때, 피아노 선생님이 한 곡을 10번 연습하라고 하면 단 한 번도 빠뜨리지 않고 10번을 모두 채웠다. 그건 그만큼 피아노 치는 것을 좋아해서였다. 내 필요에 의해서 하는 일은 시키는 그대로 모두 따라 했다. 중학교 시절 노래를 듣고 부르는 것을 즐겼다. 명절 때 받은 용돈을 모아 LP 판을 하나씩 사 모으는 것이 취미였다. 하지만 음악 테이프나 LP 판을 사는 것이 쉽지는 않았다. 대개는 라디오 방송에서 나오는 노래를 공 테이프에 녹음하곤 했다. 녹음한 노래를 수십 번 반복해서 들으며 가사를 받아 적고 노래를 따라 불렀다. 막상 LP 판이나 테이프를 사서 노래 가사를 보면 내가 받아 적은 가사가 틀린 적도 많았다. 그럴 때면 피식 웃음이 났다.

좋아하는 노래를 반복해서 듣고 가사를 받아 적는 과정이 번거롭게 느껴지지 않고 마냥 좋았다. 그렇게 받아 적은 가사를 외워서 부르면 신이 났다.

성인이 되어 직장에 들어가고 나서도 이런 나의 성향은 드러났다. 수업 외적인 업무의 경우 납득이 안 되거나 부당하다는 생각이 들면 선뜻 그 일에 집중하기가 힘들다. 물론 투덜거리면서도 제시간에 일을 끝마치기는 한다. 하지만 온 정성을 쏟아서 하게 되지는 않는다. 학교에서 요구하는 최소한의 조건만 맞추어 서류를 처리한다. 창의성을 요구한다든지 나의 의견을 반영할 필요가 없는 일들이 대부분이기 때문에 더 그랬던 것 같다. 각종 연수를 들을 때에도 내가 원해서 신청한 경우에는 백 퍼센트 집중을 한다. 강사님이 이야기하는 모든 것을 흡수하고 그대로 따라 하려고 노력한다. 들은 것 중 한두 가지는 꼭 실천하려고 한다. 하지만 강제로 동원되어 간 날은 귀에 들어오는 것도 없고 들어도 남는 것이 없다.

이렇듯 누가 시켜서가 아니라 원해서 하는 일에 나는 몰입하게 된다. 내가 판을 벌인 경우 나 아니면 안 된다는 생각에 책임감이 더 크게 느껴져서일 것이다.

주변에서는 종종 묻는다.

"선생님은 하루가 48시간이세요? 어떻게 그 많은 일을 다 하세요?"

그러면서도 피곤한 기색이 아니라 재미있어 죽겠다는 표정으로 다니고 씩씩하고 건강하게 지내는 모습에 다들 신기해할 정도이다. 주로 내가 운영하는 연구회 행사에서 만난 분들에게서 듣는 얘기인데, 내가 좋아서 하는 일이다 보니 아프기는커녕 에너지가 더 샘솟는 것 같다.

연구회를 시작하게 된 계기도 이런 나의 성향 덕분이다. 2016년 1월, '체인지메이커 퍼실리테이터' 연수를 들었는데 너무 좋아서 다른 선생님들에게도 알리고 싶었다. '이 좋은 것을 혼자만 알고 있을 수는 없다. 내가 알고 있는 것을 실천하지 않으면 무슨 소용이 있을까?' 지역교육청 소속 전 학교에 공문을 발송하여 관심 있는 교사들을 모집했다. 2016년 2월, 40여 명을 대상으로 체인지메이커 연수를 실시했다. 이후 매월 교사모임 및 학생 워크숍 등의 프로그램으로 '체인지메이커 연구회'를 운영하게 되었다. 2017년에는 교육청에서 활동비를 지원받는 '교사전문 학습공동체'에 선정되었다. 2016년 자발적으로 운영되는 연구회 활동을 지켜보던 교육청 담당자분이 전문 학습공동체 활동을 먼저 제안해 주셔서 가능한 일이었다. 3년간의 연구회 활동을 정리하여 2018년 「체인지메이커 교육」 이라는 책이 출간되기도 했다. 내가 좋아서 자발적으로 시작한 일이 주변에서 인정도 받고 성과도 얻은 경우이다.

언젠가 '현명한 사람의 6가지 정신적 특징'이라는 칼럼을 읽고 나도 이러한 사람이 되어야겠다는 다짐을 기록해 두었다. 그중에서도 특히 나에게 와닿았던 부분이 바로 자율성에 관한 설명이었다.

'여러분은 스승이나 저자의 견해를 무조건 받아들이는 지적 노예가 되고 싶지 않을 것이다. 그렇다고 전문가의 제대로 된 견해까지 모조리 거부하는 사람도 별로일 것이다. 자율성은 권위를 존중해야 할 때와 거부해야 할 때, 롤 모델을 따라야 할 때와 따르지 말아야 할 때, 전통을 지켜야 할 때와 반대로 그렇지 않을 때를 적절히 아는 중용의 미(美)다.'[1]

남들이 시키는 대로 하면 편하게 살 수 있다. 다른 사람이 이미 그려놓은 지도를 따라가면 가려는 곳에 금방 닿을 수 있다. 반면 내 방식대로 찾아서 가려면 돌아서 가야 할 때가 많다. 그만큼 힘도 든다. 그렇지만 내가 그리는 지도대로 내가 원하는 곳을 찾아가는 것이 진정한 내 길이다.

'결코 세상에 복종하는 노예로 살지 마라. 노예는 아무리 성공해도, 성공한 노예 그 이상이 될 수 없다.' [2]

김종원 작가님의 말처럼, '세상에 복종하는 노예'로 살지 않기 위해서는 무엇보다 자율적으로 삶을 살아가는 태도가 필요하다. 자신의 힘으로 무언가를 해냈을 때 그 성취감은 더 크다. 하다가 그만두더라도 원해서 한 것이기에 환경을 탓하거나 타인에 대한 원망도 최소화된다. 자율적으로 무언가를 진행한다는 것은 이미 그 자체가 흥미로운 일이며 자연스럽게 성장과 발전으로 이어지기 마련이다.

1) [출처: 중앙일보] [The New York Times] 현명한 사람의 6가지 정신적 특징(2014.9.2.), https://news.joins.com/
   article/15705410 로버트 로버츠 교수와 휘튼대학 제이 우드 교수는 공저 『지적 미덕(Intellectual Virtues)』(2007)
   에서 현명한 사람들의 몇 가지 지적인 자질 들을 열거했다고 한다.
2) 김종원(2015). 사색이 자본이다. 사람in

꾸준하게 실천할 때

"매일 아침 써봤니?"

자신 있게 백 퍼센트 그렇다고 대답할 순 없지만, 매일 블로그에 글을 남기는 편이어서 어느 정도는 맞다. 어느덧 나도 4년 차 블로거다. 그동안 4,000건 이상의 글을 썼고 3,000명이 넘는 이웃이 생겼다.

블로그를 시작한 것은 4년 전이지만 내가 기록하기를 즐긴 것은 훨씬 오래전부터이다. 무려 3번이나 100일 연속 쓰기에 성공하여 총 3권의 육아일기를 무료로 출간한 이력이 있다. 1년 365일 빠짐없이 육아일기를 써 내려간 셈이다. 어떻게 그렇게 할 수 있었을까?

2008년부터 2년간 육아휴직을 했다. 아이러니하게도 육아휴직을 하면서 내가 살림에는 별로 소질이 없다는 것과 집에 있는 것을 못 견뎌한다는 사실을 알게 되었다. 엄마로서 아이를 돌보면서 아이가 자라는 것을 지켜보는 것이 물론 행복했다. 하지만 집에 있는 시간이 무료하게 느껴진 것도 사실이다. 시간이 그냥 흘러가버리는 것 같아 허무했다. 그러던 중 우연히 인터넷에서 육아일기를 책으로 만들어주는 사이트를 발견했다. 100일간 매일 출석하여 글을 남기면 무료로 책을 만들어주는 이벤트가 진행 중이었다. 꾸준하게 출석해서 글을 올리다 보니 무료 출간의 기회를 얻었다. 온라인에 올린 글 중에 책에 실을 내용을 고르고, 사진을 선택하여 돌잔치 기념으로 육아일기를 책으로 제작했다.

첫 육아 일기책에 대해 이야기하다 보니 돌잔치를 준비하던 기억도 떠오른다. 아이의 첫 생일을 흔히 웨딩숍에서 하는 돌잔치가 싫어서 내 손으로 이것저것 준비했다. 조촐하게 가족들만 초대해 전통 돌상으로 꾸몄다. 돌잔치 기념 성장앨범도 따로 만들지 않았다. 내가 직접 제작한 육아일기 책이 있었기 때문이다.

'이왕 할 거 좀 더 많은 분들을 모시고 화려하게 할걸. 남들 하는 거 다 해 볼걸' 잠시 그런 생각이 들기도 했지만, 내 손으로 준비한 돌상이라 더 보람 있고 의미 있었던 것 같다. 매사에 초심을 잃지 않는 것이 중요하다고 말하는데, 첫돌을 준비하며 완성한 육아일기를 읽다 보면 아이의 소중함을 다시 한번 느끼게 된다.

육아휴직 둘째 해에 두 번째 책을 만들었다. 복직 후에는 아이 사진을 중심으로 세 번째 책을 펴냈다. 육아 책을 손에 넣고 보니 육아휴직으로 보낸 시간들이 눈에 보이는 듯했다. 순간순간이 모여 성과를 내고 그것을 눈으로 확인하니 모든 것이 의미 있게 느껴졌다. 스스로가 자랑스러웠다.

최소한 1년에 한 권은 아이의 성장과정이 담긴 책을 만들겠다고 다짐했었다. 그러나 복직 후 학교생활을 병행하면서 실천하는 것이 쉽지 않았다. 앞서 출간한 책도 주로 책장에 꽂혀 있기만 했다. 그러던 어느 날 아이가 대여섯 살 무렵의 일이다. 한글을 떼고 글을 무리 없이 읽게 된 아이가 책꽂이에 꽂혀 있던 육아 책을 발견했다.

"엄마가 나 아플 때 이렇게 돌봐줬구나"

"엄마가 나한테 마사지도 해줬어?"

"엄마가 '사과가 쿵' 동화책 계속 읽어줘서 내가 그 책 좋아하게 됐구나"

기록을 해두지 않았다면 몰랐을 유년 시절의 추억을 아이에게 선물해 줄 수 있어 얼마나 좋은지 모르겠다. 육아일기를 보면서 온전히 엄마가 자신과 함께 보낸 시간이 있었다는 것을 눈으로 확인하고 엄마의 사랑을 느낄 수 있으니 아이에게 이보다 더 큰 선물이 있을까? 기록의 중요성과 꾸준함의 중요성이 아이에게 함께 전달되었으면 좋겠다.

워킹맘으로 일과 육아를 병행하는데 늘 부족함을 느낀다. 이것저것 하다보면 나만을 위한 시간도 부족하다. 이런 빠듯함 속에서도 마음이 편안해지면서 동시에 뿌듯함을 느끼는 순간은 바로 블로그에 글을 남길 때이다. 블로그 포스팅을 하면서 생각이 정리가 되고 순간순간이 쌓여가는 느낌이 든다. 수업자료와 활동 과정 등을 기록에 남기겠다는 생각에서 출발했지만, 지금은 일상의 기록, 책을 읽고 난 후의 생각, 가벼운 메모, 하다못해 유용한 자료 링크 등 거의 모든 생각의 흐름을 블로그에 담고 있다. 이것저것 정신없이 바쁜 일로 며칠 동안 블로그 포스팅을 하지 못한 날에는 왠지 기분이 우울해지기도 한다. 돈을 받고 원고를 쓰는 것보다 아무 대가 없는 블로그 글쓰기가 더 좋다. 원고를 마감 기한에 맞춰 내야 할 때는 스트레스도 받고 '내가 왜 이 짓을 하고 있나'라는 생각이 들 때도 종종 있다. 그러나 블로그에 글을 쓸 때는 몇 시간이 흘러도 시간 가는 줄도 모른다.

글을 쓰면서 일상에 의미를 발견하고 기록이 쌓여가는 것을 보면 왠지 뿌듯하다.

꾸준하게 블로그 활동을 하다 보니 눈에 보이는 성과들도 있었다. 인지도가 높아지니 교사 대상으로 원격연수를 촬영할 기회도 생겼다. 물질적 보상이 큰 것은 아니지만 내가 하고 있는 일을 누군가에게 인정받는 것 자체에서 자존감이 높아지고 성취감도 느낀다. 나 자신뿐만 아니라 누군가에게 도움을 주고 있다는 생각에 기쁨이 더 크다.

김민식 피디님의 「매일 아침 써봤니」를 읽으며 이 분 성향이 나랑 비슷하다는 생각이 들었다. 블로그 포스팅에 대한 의미 부여, 블로그를 통한 성장과정이 비슷하다고 느껴졌다.

'나만의 놀이터를 만든다. 나만의 스토리가 곧 경쟁력이다. 글쓰기가 곧 노후대책'
내 생각과 일치하는 부분이었다. 이렇게 글을 쓰고 있는 작업이 현재의 나를 위한 것일 뿐만 아니라 길게는 미래를 위한 일이라고 생각하면 더욱 의미 있게 여겨진다.

책을 읽으면서 무엇보다 '참 유쾌한 분이시구나'라는 느낌이 컸다. 그 유쾌함의 비밀은 뭘까? 그분 말씀처럼, '매일 쓰는 블로그는 자신을 향한 팬 레터. 누가 뭐래도 있는 그대로의 모습을 사랑하는 것이 행복의 열쇠'인 것 같다.

'있는 그대로의 나'는 어떤 모습인지 잠시 떠올려 본다. 나는 호기심이 많다. 모르는 건 모른다고 솔직하게 이야기하고 잘 묻는다. 좋다 싶은 건 바로 한다. 해보고 좋은 건 좋다고 소문낸다. 선입견 없이 일단 푹 빠져 경험해보고 내 것으로 만들려고 애쓴다. 남의 얘기를 잘 듣고 받아들인다.

귀가 얇아 갈팡질팡하기도 한다. 딱 잘라 거절을 못 한다. 한 번 한다고 뱉은 말은 지키려고 애쓴다. 미련할 만큼 힘들어도 포기하지 않고 끝까지 한다. 우둔하여 때로는 허송세월 보내기도 한다. 손해 보기도 한다.

나도 유쾌한 삶을 살고 싶다. 그래서 잘 났든 못 났든 나의 모습을 있는 그대로 받아들이고, 있는 그대로의 나를 사랑하기 위해 노력할 것이다. 그것이 유쾌하게 사는 길이며 행복하게 사는 길이라고 생각한다. 조금 미련해 보여도 지금처럼 꾸준하게 실천하고 나누며 살아가고 싶다.

첫 번째 육아일기　　　두 번째 육아일기　　　세 번째 육아일기

(왼쪽은 내 돌사진,
오른쪽은 아이 돌사진)

〈돌잔치 초대장 문구〉

우석이의 첫 생일을 맞아 옛 것이 좋고 그 의미가
좋아 전통방식으로 돌상을 차려주었습니다. 화려
하거나 세련되지는 않지만, 부족하고 서툴지만, 엄마,
아빠에게 더없이 소중한 우리 우석이가 다른 이들
에게도 귀한 사람이 되기를 바라는 마음에서 하나
하나 엄마 아빠 손으로 만들고 꾸며서 정성과 사랑
을 담았습니다. 우석이 첫 생일을 축하하러 와주신
모든 분들께 머리 숙여 감사드립니다. 여러분께
받은 사랑 우석이가 더 크게 보답하고 감사하며
살아갈 수 있도록 저희가 곁에서 항상 노력하며 살겠
습니다. 기쁘고 감사한 오늘을 이곳에 계신 여러분
들과 함께 기억하겠습니다.

－ 우석이 아빠, 엄마 올림 －

배움을 이어나갈 때

새해를 맞이할 때마다 다이어리를 새로 장만하여 제대로 기록해볼까라는 유혹을 느끼곤 한다. 누군가가 손글씨로 예쁘게 써 내려간 다이어리를 볼 때마다 나도 저렇게 정리해보고 싶다는 생각이 든다. 부럽기도 하다. 그렇지만 결국은 그냥 내 방식대로 한다. '다이어리 정리하는데 보내는 시간에 바로 실천하면 하고자 하는 일을 더 많이 할 수 있지 않을까?'라는 생각으로 말이다.

다이어리를 쓰지 않아도 휴대폰 달력에 해야 할 중요한 일이나 약속 등을 표시해 두고 메모 앱에 떠오르는 생각들을 기록해 두는 것으로 족하다. 아침에 일어나면 하루를 계획하고 머릿속으로 일의 순서를 만든다. 할 일이 많을 때에는 간단하게 목록을 적어두기도 한다. 상황에 따라 우선순위들을 재정비한다. 물론 마음먹은 일을 그날 모두 끝내지 못하는 경우도 있다. 그런 경우는 다음 날 또 하면 된다. 그래도 마감의 압박을 견디기 힘들어하는 스타일이라 대부분 기한 전에 일을 끝내놓는다.

이렇게 정해진 시간 안에 많은 일을 처리할 수 있는 비결은 효율적으로 시간을 사용하기 때문이다. 나는 학교와 개인의 삶을 분리하려고 노력한다. 학교에서 해결해야 할 일은 학교에서 해결하고, 고민도 집으로 가져오지 않으려고 애쓴다. 집에서도 정해진 시간에는 미리 정해놓은 일만 하려고 한다. 예를 들어, 새벽 시간은 오로지 나만의 시간으로 할애한다. 즉 책을 읽거나 글을 쓰는 시간으로만 보낸다.

인생이란 우리가 다른 계획을 세우느라 바쁘게 지내는 사이에 일어나는 그 무엇이다. - 존 레논

참 공감이 가는 말이다. 할까 말까 고민하고 계획을 거창하게 세우기보다는 '나중은 없다. 지금 하지 않으면 언제 다시 기회가 올지 모른다'는 생각으로 바로 행동에 옮긴다. 그만큼 일을 많이 저지른다.

호기심 많고 뭐든 새로운 것을 배우기 좋아하는 나의 기질은 어린 시절부터 있었다. 우리 집 한 쪽 방에는 피아노, 전자 드럼, 기타, 오카리나 등 예전에 배우던 악기들이 '장식'되어 있다. 지금은 거의 활용하지 않고 그저 공간만 차지하고 있는 신세다. 수화를 배운 적도 있고, 속기사 학원에 다닌 적도 있다. 교사가 되고 나서는 각종 연수가 새롭게 뜰 때마다 나도 모르게 신청 버튼을 누르게 된다. 연수 중독인가 싶어 어느 해에는 '연수 신청 그만하기'를 새해 목표로 삼기도 했다. 새해 목표가 그렇듯 이 다짐도 잘 지켜지지는 않았다. 나의 배움에 대한 욕구는 그만큼 강하다.

가끔 혼자 이런 호기심과 도전이 욕심과는 어떤 차이가 있는지 생각해 보곤 한다. '혹 이렇게 열심히 하는 것이 다른 사람보다 뭐든 더 잘하고 싶은 욕심 때문은 아닐까? 저 사람보다 더 나아지겠다는 시기나 질투가 아닐까? 설사 시기나 질투심이라 하더라도 그런 감정들도 활용하기 나름이 아닐까? 욕심내는 마음, 시기·질투심이 나의 발전에 도움이 될 수도 있으니 말이다'

예전에 한 원어민 교수님이 자신은 'greedy(욕심 많은)'하다고 하면서 욕심 많은 것이 꼭 나쁜 것만은 아니라고 말씀하셨다.

욕심이 있다는 것은 그만큼 의욕이 있다는 증거이다. 아무것도 하지 않고 무기력한 것보다는 의욕적인 것이 더 가치가 있다. 나에게는 이런 의욕적인 마음들이 삶의 원동력(driving force)이 되어왔다. 의욕은 행동을 위한 전제 조건이며, 의욕이 있다는 것은 생각에 머물지 않고 행동하고 실천한다는 뜻이다. 의욕이 있을 때 도전도 가능하다.

호기심, 무언가를 하고자 하는 마음, 그리고 실천을 통해 나는 조금씩 발전해 왔다. 여러 가지 새로운 도전과 시도 중 최근에는 책 읽는 즐거움에 빠지게 되었다. 연수를 들으러 가는 횟수를 줄이고 책을 읽고 배운 내용을 실천하는 재미에 빠져 있다. 책을 읽다 보니 저절로 글도 쓰고 싶어졌다.

2018년 내 이야기를 책으로 내고 싶다는 생각에 에세이 쓰기에 도전했다. 주변에서는 언제 또 일을 벌였냐는 반응이었다. 3개월 정도 매일 새벽 5시에 일어나 몇 줄이라도 글을 썼더니 책을 낼 수 있을 만큼의 분량이 되었다. 일단 써 놓은 글이 있으니 보충해 나가는 것은 수월했다. 1차 원고가 엉망이라 작가 사부님께 퇴짜를 맞았다. 포기할까 생각했지만 그동안 써 놓은 것이 아까워 다시 보충하게 되었다. 2차 원고를 완성하여 작가 사부님께 보냈다. 같은 사람이 쓴 원고 맞느냐며 잘 썼다고 칭찬해 주셨다. 몇 군데 출판사에서 원고가 좋다고 연락이 왔고 그중 한 곳과 출간 계약을 하게 되었다. 나에게 특별한 재능이 있다기보다는 노력을 통해 이루어진 성과 중 하나였다.

막상 출간 계약은 했지만 책이 나오기까지의 과정이 녹록지 않았다. 에세이 책 작업은 생각보다 힘들었고 스스로 의문이 들기까지 했다.

'나는 왜 이렇게 자신을 괴롭히며 살까? 나 있는 모습 그대로에 만족하지 못할까? 왜 늘 목말라하고 나를 바꾸려고 노력할까?'

그런 의문에 대해 괴테는 이렇게 대답했다.
'인간은 노력하는 한 방황한다. 항상 선한 목적을 잃지 않고 노력을 지속하는 한, 최후에는 반드시 구원받는다'
괴테의 이야기에 스스로를 이렇게 다독이며 매 순간을 넘겼다.
'그래, 내가 이렇게 방황하는 것은 다 노력하고 있다는 증거야. 잘 하고 있는 거야'

지금 당장 하고 싶은 일을 해봐야 미련 없이 다음 단계로 나아갈 수 있다고 생각한다. 책을 써보자고 마음먹은 것도 책을 내는 것이 목표라기보다는 글을 잘 쓰고 싶어서였다. 글 쓰는 과정을 통해 성장하고 싶었으니 그 과정에서 성장통을 겪는 것은 어쩌면 당연한 일이었다. 스스로를 괴롭히는 일이 곧 자신의 성장을 돕는 길이 될 수 있다. 글쓰기를 통해 과거 내 삶을 돌이켜보고, 오늘의 나에게 집중하다 보니 더 나은 내일을 꿈꿀 수 있게 되었다. 행복한 오늘과 더 나은 미래를 위한 나의 도전은 앞으로도 계속될 것이다.

누군가에게 도움을 줄 때

오지라퍼(oziraper)!
내 별명 중 하나다.

좋은 것은 함께 나누자는 취지로 다양한 채널을 통해 나의 수업자료와 일상을 공유하고 있다. 나의 활동에 자극받아 새롭게 블로그 활동을 시작하거나 죽어 있던 블로그를 되살리게 되었다는 분도 종종 만난다. 내가 이렇게 오지랖을 떨고 퍼뜨리기에 열심인 이유는 과연 무엇일까?

새 학기 개학을 앞두고는 블로그 일일 평균 방문자 수가 급격하게 늘어난다. 하루에 4천 명이 넘는 분들이 방문하고 하나의 포스팅에 조회 수가 2000건이 되는 것들도 있다. 파워 블로거에게는 늘 있는 일이겠지만, 평범한 나에게는 그런 조회 수가 날이면 날마다 생기는 일이 아니다. 개학을 앞두고 블로그 조회 수가 증가하는 일은 매년 반복되고 있다. 많은 선생님들이 그만큼 새 학기 준비를 위해 2월에 많은 고민을 하고 자료를 찾는다는 의미일 것이다. 2월에 선생님들의 고민이 많은 것을 알기에 나 또한 그런 심정이기에 자료 하나라도 더 공유하려고 애쓴다. 어떻게 보면 서둘러 준비하지 않아도 되는 자료를 정리하고 블로그나 단체톡방, 밴드 등을 통해 공유하는 이유도 이왕 준비할 것 미리 준비해서 선생님들에게 조금이라도 더 도움을 드리고 싶은 마음에서이다. 미리 준비하면 새 학기에 대한 두려움을 줄일 수 있다는 메시지와 함께 말이다.

2월 말, 올해도 어김없이 댓글로 응원의 메시지와 함께 자료 활용에 대한 질문이 쏟아졌다. 덕분에 그 어느 때보다 활기찬 하루하루를 보냈다. 나는 선생님들의 질문이 너무 반갑다. 3000명이 넘는 블로그 이웃들이 있지만 공감 숫자나 댓글 수가 평소에는 그리 많지가 않다. '선생님 블로그에 올라오는 글 잘 보고 있어요'라는 인사를 오프라인 모임에서 종종 듣곤 하지만 온라인상에서는 눈팅만 하는 분들이 더 많다. 이 시기에 예외적으로 댓글이 많아진다는 것은 선생님들의 상황이 그만큼 절실하다는 의미일 것이다.

질문이 있다는 것은 자료를 꼼꼼히 살펴보고 그 자료를 활용할 생각이 있다는 것이니 공유한 입장에서는 그보다 기쁜 일이 없다. 질문을 받았을 때 귀찮은 느낌보다는 고민 끝에 질문을 한 선생님들의 용기에 박수를 보내고 싶은 마음이다. 수업을 조금이라도 더 발전시켜보겠다는 의지를 응원하며 잊지 않고 요청한 자료를 모두 보내드린다. 가능한 댓글에 모두 답글을 달기 위해 애쓰고 있다. 댓글에 답하고 필요한 자료를 보내드리는 그 순간이 참 즐겁다. 나의 존재, 내가 가지고 있는 능력이 누군가에게 조금이나마 도움이 된다고 생각하면 더없이 기쁘고 뿌듯하다. 그 뿌듯한 맛에 중독된 것 같다.

이제는 블로그에 글을 쓰는 것은 나의 일상이자 취미생활이 되었다. 힘든 일이 있을 때 남편한테 하소연하기도 하고 동료들과 수다로 풀기도 하지만 개인적인 생각을 블로그에 정리하다 보면 상황을 객관적으로 바라보게 되면서 마음이 안정된다. 내 이야기를 읽고 비슷한 경험이 있다면서 공감해주고 힘내라는 격려와 응원의 말을 들으면 실제로 힘이 나기도 한다.

있는 그대로의 나를 드러냄으로써 낯선 이들과의 의사소통이 자연스러워지고 있는 것이다. 그러면서 남들이 나를 어떻게 생각할까라는 두려움에서 조금씩 벗어날 수 있는 것 같다. 거기에 다소 무모할 정도로 새로운 일에 도전하고 저지르는 나의 행동이 누군가에게 도움이 될 수도 있다는 생각이 든다. 누군가에게 도움이 된다는 생각과 함께 내가 인정받는 느낌이 들면 자연스럽게 그 일에 최선을 다하게 된다. 이런 소통을 통해 내가 사랑받고 있음을 확신하게 되어 더없이 기쁘고, 이런 나눔에 빠져들게 되는 것이 아닌가 한다.

데즈카 오사무는 '나는 남이 하지 않는 일을 하는 것이 좋다. 그리고 남이 나를 흉내 내는 것을 즐긴다'라고 했다. 나 또한 현재 그런 삶을 즐기고 있다. 남들이 하지 않거나 하기 힘든 일에 도전하는 것이 좋다. 내가 그런 도전을 했다는 것을 사람들에게 알리는 것이 좋다. 왜냐하면 사람들이 나를 흉내 내어 다시 도전하는 것을 보는 것이 즐겁기 때문이다.

'자신의 기운을 북돋우는 가장 좋은 방법은 다른 사람의 기운을 북돋아주는 것이다'
마크 트웨인의 말이다. 좋은 것을 나누는 과정에서 스스로 기운이 나고, 기분도 좋아지고, 더 열심히 해야겠다는 자극이 된다. 결국 남들을 위해 하는 일이지만 나 자신에게 도움 되는 일이니 나누는 것을 마다할 이유가 없다. 그래서 앞으로도 오지라퍼로서의 삶을 이어나갈 것이다.

내 삶을 풍요롭게 하는 이들은 누구인가?

부족함을 채워주는 남편

남편과 나는 2004년 3월에 만나 그 해 5월에 결혼을 했다. 신혼여행을 다녀오고 나서 만난 지 100일을 맞이했다. 이런 이야기를 하면 모두 깜짝 놀란다. 내가 생각해도 어떻게 그렇게 빨리 결혼 결정을 내릴 수 있었을까 싶다. 흔히 '눈에 콩깍지가 씌다'라는 표현을 하는데, 그 이야기를 해보려고 한다.

내 나이 서른, 남편 나이 서른다섯에 만났다. 아침 출근 전에 엄마와 눈만 마주치면 결혼 문제로 싸울 정도로 서른을 넘기기 전에 나를 시집보내겠다는 엄마의 의지가 강했다. 엄마의 소원이 부처님에게 닿았는지 서른에 결혼을 했다. 두 번째 만남 이후로는 거의 매일 만났다. 대구-서울 떨어져 있어서 주말에나 겨우 만나는 커플들로 치면 1년 가까이 만난 셈이다. 그러니 만남의 시간이 그리 짧은 것도 아니었다. 남편과 나 모두 집안의 맏이다. 두 사람이 만나는 날 양가 어머님도 함께 동행했다. 둘의 만남이 계속되는 것을 알고 부모님들, 특히 시어머님이 결혼을 밀어붙이셨다.

이전에는 누군가를 소개받으면 1년은 사귀어 봐야지라고 생각했다. 그런데 이왕 이 사람과 결혼할 거면 1년 후에 하든, 지금 하든 무슨 상관일까 싶었다. 그만큼 그때는 남편의 모든 것이 완벽에 가까워 보였다. 학창시절 내가 제일 자신 없던 과목이 미술이었는데 신랑은 그림을 곧잘 그렸다. 시댁 어른들과 집안 분위기도 무척 좋아 보였다. 내가 자라온 친정과는 또 다른 분위기여서 거기에 더 끌렸는지도 모르겠다.

내가 작아서 그런지 어릴 때부터 나의 이상형은 키 큰 남자였다.
175cm 이하인 남자와는 결혼하지 않겠다고 말하고 다녔다.
"키가 몇이세요?"
나의 질문에 그는 당당하게 말했다.
"아니, 키가 무슨 소용이 있습니까? 키가 뭐가 중요해요?"
그 모습이 좋아 보였다. 레스토랑에서 메뉴를 고를 때 나에게 선택을
미루지 않고 '무조건 제일 좋은 걸로 드세요'라고 챙겨주는 것도 마음에
들었다. 대화가 잘 통했고, 여기저기 끌려다니지 않고 자기 앞가림은
할 사람으로 보였다.

대학 시절 친구들과 종종 장래 배우자에 대해 이야기를 나눈 적이 있었다.
그럴 때마다 나는 나이 차가 좀 있고 존경할 만한 사람이면 좋겠다고 했다.
나이 차이가 있을 뿐만 아니라 전형적인 문과 남성이라 꼼꼼하기가 이루
말할 수 없는 남편의 세심함이 좋아 보였다. 지금도 남편이 집안일이나
육아에 신경을 많이 쓰는 편이다. 내가 하고 싶은 일들 때문에 집을 비워도
남편이 그 빈자리를 채워줘 안심하고 다닐 수 있다.

결혼 당시 대구에서 근무하던 남편이 같은 해 9월부터는 대전에서 근무
하게 되면서 졸지에 주말부부가 되었다. 신혼살림을 딸랑 대전으로
옮겨놓고 매주 대구-대전으로 오가는 생활이 시작되었다. 마침 그즈음
대구-대전 간 KTX가 개통되어 40여 분이면 대전까지 갈 수 있었다.
금요일 퇴근 후 바로 동대구역으로 달려갔고 월요일 새벽 기차를 타고
학교로 곧장 출근했다. 그때는 체력이 좋을 때라 그런지 피곤한지도 몰랐다.
연애 기간이 짧았던 터라 주말마다 대전에서 즐기는 데이트가 오히려 즐겁
기만 했다.

얼마 전 「긍정의 힘으로 교직을 디자인하라」를 출간하면서 남편이
내 원고를 가장 먼저 읽어주었다. 첫 독자로서 나의 노력을 인정해주었다.
그러면서도 혹독하게 비판도 해주었다.
'너는 글쓰기 기본이 안 되어 있어. 문장 호응이 안 맞아'
들어주기 힘든 심한 말도 했다. 그러나 본인 밤잠 설쳐가면서까지 수정할
부분 표시해 주는 정성에 고마운 마음이 컸다.
'그래도 가족이니 이만큼 해주지'
고마움을 제대로 표현하지 못하고 오히려 내가 더 짜증 내고 투덜거리기
만 했다. 속마음이 그렇지 않다는 것은 남편이 누구보다도 잘 알고 있을
거라고 믿는다.

2018년 11월 갑작스럽게 집 수리를 하게 되면서 잠깐 시댁에서 지내게
되었다. 수리가 끝난 후 집으로 돌아와 짐 정리를 하는데 우연히 예전에
남편과 주고받았던 편지와 메모를 발견했다. 둘 다 손발이 오글거린
다며 쪽지들을 모두 상자 안에 넣어 안 보이는 곳으로 치워버렸다. 그러
면서 속으로 생각했다.
'아, 나도 저런 시절이 있었구나'

"웃는 모습이 너무 이쁜 선경씨에게...
선경씨의 웃는 얼굴을 매일 보고 싶군요. 어때요?"

"연수에서 배운 노래 가사 중 일부를 당신을 생각하면서 바꾸어 봤습니다.
Some say love, it is a blindfold.
that veils our eyes from the truth.
I say love, it is a mirror

that reflects the inside of me.
내 안에 있는, 나 자신도 알지 못하는 진정한 내 모습을 일깨워주는 것이
사랑의 한 모습이라고 생각합니다"

지금은 아이에게 밀리고, 내가 하는 일들에 밀려, 나의 관심과 애정을
받지 못하는 남편이 조금 불쌍하게 여겨지기도 한다. 가만히 생각해 보면,
'내 안에 있는, 나 자신도 알지 못하는 진정한 내 모습을 일깨워주는'
남편이 있어 내가 하고 싶은 일들도 하고 책까지 낼 수 있었는데 말이다.
무뚝뚝하기가 이루 말할 수 없고, 하고 싶은 게 너무 많은 아내여서 늘
남편에게 미안하다. 지금은 미안한 마음이 크지만 언젠가 베스트셀러
작가가 되어 남편에게 진 마음의 빚을 모두 갚으리라 다짐해 본다.

15년간 살아오면서 많이 다투기도 하고 서운한 마음이 들었던 적도 많았
지만, 설레었던 첫 만남과 다정했던 신혼 시절을 떠올리면서 남은 생을
알콩달콩 잘 살았으면 좋겠다. 서로가 하고자 하는 일을 응원하고 존경하고
존중해주면서 그렇게 살아갔으면 좋겠다.

진정한 어른이 되게 하는 아들

연애 기간이 짧았던 터라 결혼을 해도 아이는 천천히 가질 생각이었다. 하지만 그 '천천히'가 내가 생각하던 기준을 넘어서고 1,2년이 넘어가자 양가 어른들뿐만 아니라 주변 사람들의 걱정이 들려오기 시작했다. 시어머님을 따라 절에 가서 100일 기도를 올리기도 하고 '체온 조절법'을 따르기도 했다. 한약도 먹어봤지만 쉽게 아이가 들어서지 않았다. 마지막 지푸라기라도 잡는 심정으로 주변에서 소개해 주는 병원에 다녔다. 운 좋게도 결혼 4년 만에 아이를 얻었다. 41주에 2.47kg로 태어난 아주 작은 아기였다. 아이를 가질 때도, 뱃속에 있을 때도 힘들었는데 태어나서도 잘 먹지 않았다. 비위가 약한 체질에 잔병치레도 잦아 손이 많이 가는 아이였다. 저체중으로 태어나 저신장이 의심되니 전문적인 치료가 필요하다는 의사의 소견에 따라 지금까지도 성장호르몬 치료 중이다. 그렇게 우석이는 내 곁에 왔다.

우석이가 태어난 지 딱 10년째 되는 2018년, 여름 방학 시작과 동시에 큰마음 먹고 가족 여행을 떠났다.
"사기가 가자고 했으니 가고 싶은 사람이 다 알아서 해!"
평소 여행 가기를 싫어하는 남편의 말에, 행여 변덕을 부릴까 얼른 비행기 티켓부터 끊어버렸다. 몇 년간 주말, 밤낮없이 바쁘게 지내느라 우석이와 마음껏 놀아주지 못해 많이 미안했었던 터라 무조건 떠나고 싶었다. 나이 들어 이제 힘에 부치니 여행사 통해서 편하게 갈까 생각도 했지만, 막상 결재를 하려고 보니 자유여행과 패키지여행의 가격 차이가 컸다.

결국 처음 계획대로 손품, 발품을 팔기로 했다.

첫 여행지는 우석이가 좋아하는 '해리포터'가 있는 런던이었다. 우석이는 초등학교 2학년 때부터 해리포터 시리즈를 읽기 시작했다. 「해리 포터와 마법사의 돌」, 「해리 포터와 비밀의 방」, 「해리 포터와 아즈카반의 죄수」, 「해리 포터와 불의 잔」, 「해리 포터와 불사조 기사단」, 「해리 포터와 혼혈 왕자」, 「해리 포터와 죽음의 성물」까지. 모든 시리즈를 몇 번이나 읽고 영화도 수십 번 봤다.
'영어로 저렇게 여러 번 읽고 본다면 얼마나 좋을까?'
가끔 엄마의 욕심이 고개 들기도 한다. 크리스마스 선물로 해리포터 마법 학교 입학 허가증을 받고 싶다고 할 정도로 우석이는 해리포터에 빠져 사는 아이였다.

2018년 7월 22일. 런던 도착 후 첫 일정은 가이드의 설명과 함께 해리포터 영화의 배경으로 나오거나 관련 있는 곳들을 둘러보는 '해리포터 투어' 였다. 원래 계획은 아이들에게 인기가 많은 '해리포터 스튜디오(Warner Bros. Studio Tour London - The Making of Harry Potter)'에 가는 것이었다. 그런데 내가 예약하려던 시점에는 이미 입장권 판매가 마감된 상태였다. 그만큼 인기 있는 곳인지 미처 몰랐고 예약이 그렇게 일찍 마감될지도 몰랐다. 영화에 나오는 등장인물들과 장면들이 그대로 재현되어 있다는 그곳을 우석이는 예전부터 가고 싶어 했었다. 아이를 위해 계획한 런던 여행이었고 '해리포터 스튜디오'는 꼭 가야겠다고 생각 했는데 난감했다. 우석이에게 '거기는 런던에서 몇 시간이나 떨어진 곳 이야. 버스를 오래 타면 멀미를 하는 너는 가기가 힘들어'라고 둘러대긴 했지만 미안한 마음은 어쩔 수 없었다.

나의 미안함을 눈치채기라도 했는지 우석이가 대놓고 실망감을 드러냈다. 다행히 투어가 진행되면서 '해리포터 스튜디오' 못 갔다고 시무룩하던 우석이의 표정이 밝아지면서 나의 미안함도 조금씩 줄어들었다.

투어 첫 출발지는 '세인트 폴 대성당'이었다. 이 장소가 어느 시리즈 어떤 장면에서 나왔는지 설명을 들었다. 우석이는 영어 가이드가 하는 말을 이해할 수 없어 답답해했다. 옆구리를 쿡쿡 찌르고 팔을 잡아당기며 나에게 끊임없이 물었다.
"엄마, 뭐라고 하는데 뭐라고 하는 건데?"
"어, 지금 이 장소가 〈해리포터와 마법사의 돌〉에 나온 곳이래. 그런데 우석아, 영어를 잘해서 이 이야기를 다 알아들으면 좋겠지?"
가이드의 얘기를 전해주며 슬쩍 영어 공부 이야기를 꺼내니 아이도 수긍하는 눈치였다.

한 편 영어는 알아듣지만 영화에 대한 배경지식이 없는 나보다, 영어는 못 알아들어도 내용을 아는 우석이가 가이드의 설명을 더 잘 이해하는 면도 있었다. 그래서인지 외국인 가이드가 내는 퀴즈에 손을 들고 정답을 맞히기도 했다. '버로우 마켓' 앞의 건물이 부서지는 장면이 영화에 나왔다고 한다. 영화에서는 3층 버스가 나왔는데 실제로는 2층 버스 정도만 지나갈 수 있는 높이라 CG 처리를 했다는 설명이었다. 이 장소에서 가이드가 낸 문제를 우석이가 맞췄다. 가이드가 '나이트 버스' 기사의 이름을 물었을 때 내가 얼른 우리말로 해석을 해주니 우석이가 재빠르게 손을 들고 맞춘 것이다. 이런 디테일한 정보도 모두 알고 있었다니 신기했다. 평소 수줍음 많은 아이가 그런 적극성을 보이니 대견했다. 나중에는 아쉬워하기까지 했다.

'영어만 잘 했더라면 퀴즈를 다 맞힐 수 있었을 텐데'

그러더니 갑자기 우석이가 나에게 영어로 말을 걸어오기 시작했다.
"Mommy, tomorrow where we go?"
평소에 영어 CD를 틀어주면 짜증을 내며 당장 끄라고 말하던 우석이가 영어로 말을 하다니 놀라웠다. 이번 여행의 뜻밖의 수확이었다. 억지로 시키는 것보다 어떤 계기를 마련해 주는 것이 중요하다는 것, 아이가 좋아하는 것에서부터 시작하면 흥미를 쉽게 불러일으킬 수 있다는 원리를 몸소 확인한 셈이다.
'이번 기회를 잘 살리면 영어 공부에 불을 붙일 수도 있겠구나'
우석이의 열정이 식기 전에 한국으로 돌아가면 꼭 영어 공부를 함께 시작해야겠다고 다짐했다. 집에 돌아가면 해리포터 영화도 자막 없이 도전해 보기로 약속했다.

해리포터 투어를 마치고 숙소가 있는 '런던 브리지' 쪽으로 걸어가면서 우석이가 갑자기 어느 집 앞에 멈춰 섰다.
"엄마, 나 나중에 저런 집에서 살고 싶어. 런던에서 살 거야."
"그래! 우석아. 좋은 생각이야. 나중에 커서 꼭 런던에서 살아.
엄마가 1년에 한두 번씩 놀러 올게"
우석이의 말에 신난 나를 보고, '애 핑계로 여행 다니려는 꿍꿍이지?'라며 남편이 가소롭다는 듯 웃었다. 하지만 꿈은 크게 꾸라고 하지 않았던가! 우석이의 그 꿈이 꼭 이루어졌으면 좋겠다. 런던을 자주 가려는 내 꿈도 같이 이루어졌으면 좋겠다. 그리고 앞으로도 터무니없어 보이는 꿈일지라도 마음껏 꾸는 아이로 자랐으면 좋겠다. 동시에 아이가 꿈을 이루기 위해 노력하며 살아갈 수 있도록 든든한 버팀목이 되어줘야겠다는 생각도 했다.

밤새워 비행기 티켓 알아보고 2주간 지낼 숙소 알아보느라 혼자 힘들었다. 여행 동선 짜는 것도, 여행지에서 가족을 이끄는 것도 힘들었다. 다행히 여행지에서 아이도, 남편도, 숙소 위치나 상태, 일정에 만족해하는 것을 보며 나의 노력이 헛되지 않은 것 같아 뿌듯했다. 무엇보다 우석이가 런던에서 살고 싶다고 할 정도로 런던에서의 여행을 만족해서 기뻤다. 여행 경비가 하나도 아깝지 않을 만큼 엄마로서 뜻깊은 여행이었다. 여행에서 돌아온 후 영어 공부도 시작하고 해리포터 영화도 자막 없이 보는 데 도전하고 있다. 우석이가 영어공부에 관심을 가지게 된 것도 기쁘지만 세 식구가 온전히 함께 시간을 보내고 많은 이야기를 나눌 수 있어 무엇보다 좋았다. 두고두고 나눌 추억거리가 생겨서 너무 좋다. 육아일기를 3권까지 만들고 멈추었는데 이번 기회에 추가로 더 만들어야겠다는 생각도 해보고 있다.

아이를 낳아 12년을 키우면서, 남들은 아이 둘 셋씩 낳아 튼튼하게 잘만 키우는데 나는 왜 이리 고생인가 싶을 때도 많았다. 하지만 그런 고생을 통해 이전에는 미처 알지 못했던 것들을 깨닫게 된 것 같다. 이 세상에서 이익과 손실을 따지지 않고 내가 가진 모든 것을 주어도 아깝지 않을 존재가 자식 말고 또 누가 있을까. 갓난아기일 때는 온 신경이 아이에게 집중되어 아이의 작은 움직임에도 쉽게 잠에서 깼다. 아이가 울며 보채지도 않았는데 쩝쩝 입맛 다시는 소리만 듣고도 저절로 눈이 떠지고 몸을 일으켰던 경험, 엄마라면 누구나 가지고 있을 것이다. 엄마가 아니면 할 수 없는 일들을 해내면서 진정한 어른이 되어가고 있다. 나를 성장하게 한 우석이에게 고맙다는 말과 함께 사랑한다는 말을 꼭 전하고 싶다.

"우석아~ 엄마가 우리 우석이 많이 사랑해! 앞으로도 건강하게 잘 자라렴"

나를 설레게 하는 고래학교 친구들

고래학교는 서로의 꿈을 응원하고 상호 성장을 지원하는 교사 성장 학교입니다. 선생님들이 나 자신이 이미 무언가를 할 수 있는 충분한 존재임을 깨닫고 용기 내어 무엇이든지 도전하기를 바랍니다. 세상에 선한 영향력을 끼치며 살아가기를 바랍니다. 선생님의 꿈을 응원합니다. 2019년 한 해 교실에서, 학교에서, 선생님이 도전해 보고픈 것이 있다면 그것을 이룰 수 있도록 서로 도움을 주면 좋겠습니다.

*고래학교 = Go!고 미래 = Go to the future school
*모토: 꿈은 크게
*마음속에 푸른 바다의 고래 한 마리 키우지 않으면 청년이 아니지 – 정호승 –

이런 안내 공고문을 시작으로 2019년 2월 고래학교 첫 문이 열렸다. 나를 설레게 하는 사람들을 이야기할 때 고래학교 이야기를 빠뜨릴 수 없다. 고래학교는 그동안 내가 교실수업 개선 활동을 해오는 동안 꼭 필요하다고 생각했던 모임이다. 단순히 수업 방법을 배우는 것이 아니라, 서로 위로하고 공감할 수 있는 진정한 내 편을 만드는 커뮤니티가 필요하다는 생각에서 출발했다. 교사도 마음의 돌봄이 필요하고 외롭고 힘든 직업이다. 내 마음이 편해야 아이들과 눈 맞추고 이야기할 여유도 생긴다. 이런저런 연수를 듣고 모임에 나가 공부를 하면서 그 어떤 수업 방법이나 철학보다 중요한 것이 나를 세우는 것이며 회복탄력성을 기르는 것이라는 것을 깨달았다.

연수 시간을 인정받기 위해 일시적으로 모이는 것이 아니라 최소한 1년 이상 긴 호흡으로 가는 자발적인 모임, 기댈 수 있는 동료를 만드는 모임이 필요하다고 생각했다.

고래학교에서는 유명 강사를 초청해서 강연을 듣는 것이 아니다. 멤버들끼리 돌아가면서 자신의 재능을 기부한다. 재능을 공유함으로써 함께 성장하고자 한다. 매달 같은 책을 정해서 읽고 자신이 읽고 있는 책을 자유롭게 공유하기도 한다. 따로 또 같이 읽는 셈이다. 책을 읽고 그 속에서 배우는 기쁨도 크지만 사람들과 공유할 때 그 기쁨은 더 커진다. 온·오프라인 만남을 통해 나와 비슷한 기운을 가진 사람들과 만날 수 있고, 서로의 고민을 나누면서 '나만 그런 건 아니구나'라는 위안과 에너지를 동시에 얻게 된다. 2월 고래학교 첫 모임 후, 단체 대화방에서 매일 서로의 안부를 묻고 열정 어린 대화가 오고 가는 것을 보며, 시작하기를 참 잘했다고 생각했다.

그러던 어느 날 한 선생님이 고래 '학교'이니 교가를 만들자는 제안을 했다. 고래학교를 처음 구상하던 시점부터 교가를 만들고 싶다는 생각은 있었지만, 혼자 너무 앞서가는 것 같아 말을 꺼내지 못하고 있었다. 교가를 만들자는 제안을 해준 것만도 기뻤는데, 눈 깜짝할 사이 또 다른 선생님이 고래학교 교가의 가사를 후딱 지어냈다. 내가 올린 모집 공고문과 대화방에서 오고 간 내용을 바탕으로 어렵지 않게 작사를 끝낼 수 있었다고 했다. 작곡은 아카펠라 모임 소속 선생님이 지인에게 부탁해 완성되었다. 처음 교가를 만들자고 제안한 분이 아카펠라 교사 모임에 나가고 있던 중이라 가능한 일이었다. 그렇게 해서 꿈에 그리던 고래학교 교가가 탄생했다. 이제 멤버들이 교가를 연습해 무대에서 아카펠라로 함께 부를 일만 남았다.

고래(Go! 미래) 학교 교가
https://www.youtube.com/watch?v=ZKB0r6yTQD8

미래로 가는 교사들의 모임 고래학교 친구들
꿈은 크게 뭐든지 도전해 실패 좀 해도 괜찮아
우리 아이들 무럭무럭 자라 넓은 세상 누빌 거야
그런 굳은 믿음이 없다면 고래 동무가 아니지
설레는 맘으로 다 모여 고민하고 준비하지
반짝이는 아이들 보면 지친 맘에 꽃 피네
혼자라고 외롭지 않아 우리 멀리 있다 해도
서로 굳은 버팀목 되는 고래학교 동무들

헤이!

우~ 가르친다는 건 우~ 사랑한다는 것
서로 놓지 않고 무리 지어 헤엄치는 고래처럼
아이들과 우리 서로 챙기고 이끌어 준다네
삶을 속삭이고 공감하며 깨닫고 실천하는
선한 물결의 전파자! 우린 체인지메이커
고래학교 동무들!

고래학교 시작 전, 많은 망설임이 있었지만 옆에서 그냥 하라고 등 떠밀어준 친구들이 있었기에 용기 내어 시작할 수 있었다. 운영진은 나와 김재우 선생님, 티처몰 이창훈 부서장님이다. 우리의 인연은 '제이커스(Jaykers=Jay+Changemaker)'에서부터 시작되었다.

이창훈 부서장님의 제안으로 재우 선생님의 영어 이름 '제이(Jay)'와 나를 상징하는 체인지메이커의 '커(ker)'를 합쳐서 '제이커스'라는 브랜드가 탄생했다.

일하는 분야는 다르지만, 늘 믿음직스럽고 주변 사람들을 잘 챙기고 유쾌한 이창훈 부장님과는 죽이 잘 맞다. 같은 대구 출신이라 통하는 면이 더 많은 것 같기도 하다. 김재우 선생님을 만난 건 2017년 교사 지원 플랫폼인 '티처빌 쌤동네' 15주년 기념행사에서였다. 이후 선생님과 여러 가지 작업을 같이 할 기회가 생겼다. 학교생활, 수업하는 스타일이나 외부 활동 면에서 여러 가지 공통점이 많았다. 내 주변에서 나처럼 일을 벌이고 나와 비슷한 생각을 가진 사람을 만날 기회가 흔치 않다. 말이 통하는 사람, 생각이 비슷한 사람을 만나 무척이나 반가웠다. 서로가 서로에게 건네는 말이 곧 자신에게 하는 말인 경우가 많다. 셋 다 개성이 강해 의견 차이가 있을 때도 있지만 서로의 존재 자체가 큰 의지가 된다.

'배움이란 한 사람이 또 다른 한 사람을 뜨겁게 만나는 과정이다.'[3]

익숙한 울타리를 벗어나 새로운 사람들을 만나면서 느끼게 되는 설렘이 바로 이런 것이 아닐까 한다. 나와 다른 영역에 있는 사람들에게서 비슷한 점을 발견할 때 그때의 반가움은 이루 말할 수 없다. 어떤 영역에서든 최선을 다하여 노력하고 무엇인가를 성취한 이들에게서 풍기는 이미지는 비슷한 것 같다. 이런 만남을 통해 우정의 스펙트럼이 다양해질 수 있다는 것을 깨닫고 있다. 학교 밖에서 만난 인연들을 통해 새로운 시각을 갖게 되고 영감을 얻게 된다.

재우, 창훈, 선경.

한 팀으로 일하면서 서로 격려하고 응원하는 것이 나에게 큰 힘이 된다. 무엇보다 수다가 통하고 같이 있으면 즐거워서 좋다. 이제까지 내가 도전하고 이루었던 그 어떤 성과 중에서도 가장 값진 것은 이런 친구들을 얻은 든든함이다. 늘 나에게 힘과 용기를 주는 분들이다. 내가 그렇듯 나도 그들에게 든든한 지지자이자 버팀목, 비빌 언덕이 되었으면 좋겠다. 서로의 성장과 발전을 진심으로 응원해주고, 잘 됐을 때 배 아파하지 않고, 진심으로 기뻐해 줄 수 있는 사이로 계속 남았으면 좋겠다.

"설레는 사람을 만나기에도 인생은 짧다. 설레는 사람을 만나자. 그 사람과 함께 있을 때 '영혼이 청소되는 느낌'이라면 '나중에 한 번 보자'는 빈말 말고, 정식으로 약속을 잡고 만나자. 그 사람이 느낄 수 있도록 사소한 배려로 편안한 분위기를 만들자. 핸드폰에 1000명이 넘는 연락처가 저장되어 있는데도 공허한 느낌이라면, 정리해야 할 때다. 불편한 관계를 정리하고 행복한 관계를 채워나가자."[4]

앞으로도 나를 설레게 하는 사람들과 함께 즐겁게 일하고 싶다. 나 또한 다른 이들을 설레게 하고 만나서 이야기 나누고픈 유쾌한 사람이 되기 위해 노력할 것이다.

3) 김종원(2015), 사색이 자본이다, 사람in
4) 윤선현(2014), 관계정리가 힘이다, 위즈덤하우스

나는 어떤 사람으로 기억되고 싶은가?

누군가에게는 그리운 사람

내 나이 어느덧 마흔하고도 몇을 더해야 하지만, 여전히 가슴 설레는 일들도 많고 마음은 열정 가득이다. 내가 하고 있는 일들과 만나는 사람들이 나를 설레게 한다. 그들을 만난 이후 하늘 보는 일이 잦아진 것은 우연일까?

요즘 부쩍 하늘을 보는 일이 잦아졌다. 예전에는 바쁘게 살다보니 가던 길을 멈추고 하늘을 보는 일이 별로 없었다. 아니, 하늘을 쳐다볼 생각조차 하지 않고 살았던 것 같다. 그런데 더 바쁘게 살고 있는 요즘, 오히려 하늘을 더 자주 쳐다보게 된다. 자세히 들여다보면 하늘과 구름이 그렇게 예뻐 보일 수 없다. 아무 일하지 않고 마냥 하늘만 쳐다봤으면 좋겠다는 생각을 할 때도 있다.

– 하늘을 닮은 그대에게 / 유열 –

그대의 마음은 하늘과 같아 보일 듯 보이지 않네
나의 마음은 구름을 닮아 하늘을 맴돌고 있네
이 모든 순간 흘러가면 무엇이 될까
이 세상의 끝은 어디 있을까
수많은 세월 기다려온 하늘을 하늘을 닮은 그대에게
나의 이 모든 이야기 들려주고 그대 음성 듣고 싶은데
보일 듯 보이지 않는 그대에게 어떻게 말할까요

2017년 11월, 내가 이끌고 있던 연구회에서 '교사, 나도 여행작가' 연수 프로그램을 처음 시도하게 되었다. '여행학교'를 운영하고 있던 재우 선생님의 제안과 진행으로, 글쓰기와 사진 찍는 법을 배운 후 직접 현장 실습도 가고 글도 쓰는 프로그램을 구성했다. 이론 수업 후 참가한 선생님들과 함께 실습여행으로 대구근대골목투어를 떠났다. 대학시절 같은 동아리 활동을 했던 친구를 이곳에서 만났다.

내가 속했던 동아리는 '아마추어 천체관측 동아리 COSMOS'였다. 그 시절 두 손엔 망원경을 들고 배낭에 먹을 것 가득 채워 메고 동기들과 보현산이며 화왕산으로 함께 다녔던 기억이 새록새록 떠올랐다. 친구는 세 아이의 엄마가 되어 있었고 6년의 육아휴직 끝에 2017년 복직했다고 했다. 복직하면서 수업에 대한 고민을 하던 중 내가 기획한 연수를 몇 번 듣게 되었는데 이 날도 큰맘 먹고 아이 셋을 남편에게 맡겨두고 참가했다고 얘기했다. 근대골목을 돌면서 어린 시절 아버지와의 기억을 떠올리며 옛 추억에 잠기는 모습, 즐거워하는 모습을 보니 나도 덩달아 기분이 좋아졌다. 함께 이야기를 나누다 보니 타임머신을 타고 20대 대학시절로 돌아간 느낌이었다.

또 다른 만남도 있었다. 예전에 같은 학교에 근무했던 선생님 두 분을 만났다. 음악 선생님과 체육 선생님이었다. 두 분의 이름을 연수생 명단에서 봤을 때부터 함께했던 추억이 떠오르기 시작했다. 음악 선생님은 2004년 5월 나의 결혼식 축가를 우리 반 아이들과 함께 준비해 주셨다. 학교 옮긴 첫해였고, 학생들과 많이 친해지기 전이라 축가는 기대도 하지 않았다. 그런데 음악 선생님이 축가를 준비해주셔서 결혼식이 더욱 빛날수 있었다. 아이들과 나에게 좋은 추억이 되었다.

체육 선생님과는 축제 때 같이 노래 부르고 밴드 공연도 했다. 주변 사람들을 즐겁게 해주는 매력을 가진 분이다. 거의 10년 만에 만났지만 마치 어제 만난 것처럼 반갑게 인사하고 많은 이야기를 나누며 즐거운 시간을 보냈다. 같은 학교에 근무하는 동안 결혼도 하고 아기도 낳으면서 내 인생의 큰 사건들을 맞이했던 터라 더욱 각별하게 느껴졌는지도 모르겠다. 이 두 분들 덕분에 또 다른 타임머신을 타고 나의 30대 시절로 여행을 다녀온 기분이었다.

'교사, 나도 여행작가'의 여운이 가시기도 전에 다음 날, 학생들과 떠난 체험활동지(김해 가야 문화체험관)에서 따뜻한 햇살과 맑은 하늘을 다시 만났다. 전날 배운 사진 찍기 기술을 활용해 하늘 사진들을 찍어보았다. 사진으로 미처 담아내지 못한 그날의 따뜻한 햇살과 하늘빛이 그리워 아마 다시 그곳을 찾게 될 것 같다.

이런 추억들 때문인지 하늘을 바라보면 마음이 따뜻해진다.
우리가 20, 30대를 그리워하는 것은 그 시절을 그리워하는 걸까?
그때 만난 사람들을 그리워하는 걸까?

그리워할 대상이 있다는 것은 참 감사한 일인 것 같다.
나도 누군가 옛 추억을 떠올렸을 때 그리운 사람이면 좋겠다.
누군가 하늘을 볼 때 생각나는 사람이면 좋겠다.

따뜻하고 친절한 사람

'당신은 어떤 사람으로 기억되고 싶은가?'

늘 듣고 싶었던 박영준 질문술사의 'Design 2019' 워크숍에 참석했을 때 받은 질문이다. 고민 끝에 세 문장을 적었다.

나는 누군가에게 따뜻하고 친절한 사람입니다.
나는 나의 실천을 통해 누군가의 변화를 이끌어 낸 사람입니다.
나는 나의 이야기를 담은 책을 통해 누군가에게 선한 영향력을 끼친 사람입니다.

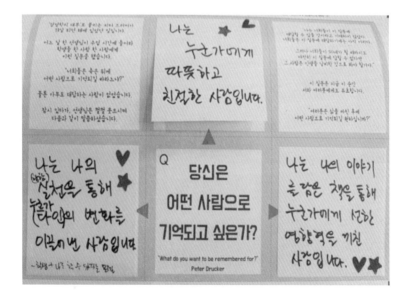

먼 훗날 이런 사람으로 기억될 수 있도록 오늘도 호기심 어린 눈으로 세상을 본다. 보고 느낀 것들에 반응하며 도전해보고 좋은 것을 주변 사람들에게 전한다. 가슴을 설레게 하는 사람들과의 만남을 이어간다.

엄마, 아내, 며느리, 딸, 선생님, 동료, 수많은 이름으로 그 역할들을 하며 살아가고 있지만, 나의 인간 됨됨이의 본질은 호기심 가득하고 정 많은 것이라고 생각한다. 매일매일 조금씩 더 성장하고 친절한 사람이 되기 위해 오늘도 나는 책을 읽고 글을 쓰며 사람들을 만난다. 예전에 즐겨보았던 한 드라마의 카피가 요즘 자주 생각난다.

"왕관을 쓰려는 자, 그 무게를 견뎌라"

'나는 과연 왕관의 무게를 견딜만한 감이 되는가?'라는 회의가 들기 때문인 것 같다.

"남을 잘 되게 해주려고 기를 쓰다 보면, 나는 이미 잘 되어 있다.
세상이 그렇다. 왜냐하면 내가 실력이 있어야 남을 도와줄 수 있기 때문이다."

내가 하고 있는 일에 대해 회의가 들었을 때 페이스북에서 발견한 이 문장이 큰 힘이 되었다. 여러 가지 일로 힘들고 지쳐 남 좋은 일만 하며 살고 있는 건 아닌가, 의문이 들 때였다. 그때 저 글을 읽으면서 남을 도울 수 있다는 자체가 내게 그만한 능력이 있다는 것이라는 생각을 하게 되면서 마음이 한결 가벼워졌다. 결국 남을 돕는 일이 나를 돕는 일이라는 것을 깨닫게 된 것이다.

혼자 잘난, 내가 주인공인 삶도 좋겠지만, 나무가 잘 자라려면 비옥한 땅이 필요하듯이 배경이 되는 삶도 굉장히 가치 있는 일이라고 생각한다.

배경이 되는 기쁨
살아가면서 가장 아름다운 일은 누군가의 배경이 되어주는 일이다
별을 더욱 빛나게 하는 까만 하늘처럼
꽃을 더욱 돋보이게 하는 무던 땅처럼
함께 하기에 더욱 아름다운 연어떼처럼
— 안도현 〈연어〉 중

고래학교를 만들어 선생님들과 함께 하는 것도 결국 내가 더 큰 사람이 되고자 하는 바람이자 노력의 일환이다. 다른 사람이 잘 되게 기를 쓰다 보면 결국 나 자신도 잘 되어 있다는 진리를 잊지 말고 그 사람의 참된 모습, 좋은 면을 보고 빛나게 해줄 수 있도록 노력할 것이다. 하늘처럼 땅처럼 모든 것을 품을 수 있는 사람이 되기 위해 오늘도 고민하고, 시도하고, 배워나가고 있다.

처음엔 '나와 참 비슷하고 닮았네'라고 생각해서 쉽게 다가갔던 사람에게서 예상치 못한 모습을 발견하고는 실망하곤 했다. '저 사람에게도 저런 면이 있구나'라고 받아들이면 그뿐인데, 나와 다른 것을 자꾸 그 사람의 단점으로 여기는 것이 문제였다. 마음을 편하게 하는 사람뿐만 아니라 나와 다른 생각을 하는 사람들 속에서도 배움은 생겨날 수 있다. 다름을 틀렸다고 생각하지 않고 받아들일 수 있을 때 더 큰 사람이 될 수 있다.

"너희가 모르는 곳에 갖가지 인생이 있다.
너희 인생이 둘도 없이 소중하듯이
너희가 모르는 인생도 둘도 없이 소중하다.
사람을 사랑하는 일은
모르는 인생을 사랑하는 것이다"
– 하이타니 겐지로

내가 다른 사람의 인생을 존중하지 못한 것에 대한 미안함이었는지, 내 인생을 존중받지 못한 것에 대한 억울함이었는지 알 수 없지만, 저 글을 보는데 괜히 눈물이 핑 돌았다. 살아가는 동안 어느 만남 하나 소중하지 않을 수 없는 이유는 그 짧은 만남의 시간이 서로의 인생에 한 부분이기 때문일 것이다. 상대방도 나와 똑같이 느끼고 행동해야 한다는 관점에서 벗어나야 한다. 그 입장에서는 충분히 그럴 수 있다고 생각하는 순간, 진정한 관계가 만들어질 수 있다. 세상에는 내 힘으로 어떻게 할 수 없는 일이 분명 존재한다. 그냥 받아들이자. 다음에 내가 할 수 있는 일은 무엇일까를 고민하면서 매 순간 최선을 다하는 것으로 만족하자. 문제 해결의 핵심은 주어진 상황을 어떻게 해석하느냐에 달려있다고 생각한다.

이런 통찰력을 기르기 위해 많은 사람들이 책을 읽고 글을 쓰는 것 같다. 나 역시 아직 부족한 부분이 많지만, 생각을 글로 정리하게 되면서 내 감정을 더 잘 들여다보게 되었다. 부정적인 감정에서 빨리 빠져나오게 되었고 내가 하는 일들에 확신을 가지게 되었다. 내가 무엇을 원하는지를 알고 싶다면, 나를 더 잘 이해하고 싶다면, 책 읽고 글 쓰는 시간을 가졌으면 좋겠다.

바람이 있다면 내 생각을 글로 잘 표현하고 싶다.

잘 표현된 글로 사람들에게 감동을 주고 싶다.

내 말에 힘이 생겨 내 이야기에 귀 기울이는 사람들이 많아지면 좋겠다.

좀 더 영향력 있는 사람이 되어 공교육 발전에 기여하고, 하고 싶은 일들도 마음껏 하고 싶다.

앞으로도 어린아이와 같은 호기심을 잃지 않고

새로운 것에 도전하며

누군가에게는 따뜻하고 친절한 사람,

누군가를 설레게 하는 사람,

영감을 주고 선한 영향력을 끼치는 사람으로 살아가고 싶다.

오늘은 내 인생의 '가장 젊은 날'이며,
동시에 내 인생의 '가장 마지막 날'이기도 합니다.
무엇을 다시 시작하기에 가장 좋은 날,
무엇을 마무리하기에 가장 좋은 날,
'오늘'입니다.

「살자, 한번 살아본 것처럼」 중에서

생각을 담다
마음을 담다
도서출판 담다

가끔은 나빴고 거의가 좋았다
나는 어떤 사람으로 기억되고 싶은가

초판 1쇄 2019년 12월 22일
박선추, 박성식, 조수연, 최선경

디자인 고현경
발행처 담다
발행인 김수영
제작 네오시스템
등록번호 제25100-2018-2호
주소 대구광역시 달서구 조암로 25
메일 damdanuri@naver.com
블로그 blog.naver.com/damdanuri
문의 070-7520-2645
팩스 070-2645-8707
ISBN 979-11-89784-05-8 (03810)